小朋友文藝

謝六逸 著

謝六逸（一八九八年—一九四五年）

貴州貴陽人，著名作家、學者、翻譯家，我國現代新聞教育事業的奠基者之一。曾任《兒童文學》主編，商務印書館編輯，復旦大學新聞系主任，譯著頗豐。早年對中國兒童文學的事業貢獻尤大。

總序一

兒童文學的歷史與記憶

林文寶

大陸海豚出版社所出版之中國兒童文學經典懷舊系列，要在臺灣出版繁體版，這是臺灣兒童文學界的大事。該套書是蔣風先生策劃主編，其實就是上個世紀二、三十年代的作家與作品，絕大部分的作家與作品皆已是陌生的路人。因此，說是經典有失嚴肅；至於懷舊，或許正是這套書當時出版的意義所在。如今在臺灣印行繁體版，其意義又何在？

考查各國兒童文學的源頭，一般來說有三：

一、口傳文學

二、古代典籍

三、啟蒙教材

而臺灣似乎不只這三個源頭，綜觀臺灣近代的歷史，先後歷經荷蘭人佔據三十八年（一六二四－一六六二），西班牙局部佔領十六年（一六二六－

一六四二），明鄭二十二年（一六六一—一六八三），清朝治理二〇〇餘年（一六八三—一八九五），以及日本佔據五十年（一八九五—一九四五）。其間，相當長時間是處於被殖民的地位。因此，除了漢人移民文化外，尚有殖民者文化的滲入；尤其以日治時期的殖民文化影響最為顯著，荷蘭次之，西班牙最少，是以臺灣的文化在一九四五年以前是以漢人與原住民文化為主，殖民文化為輔的文化形態。

一九四五年十月二十五日國民黨接收臺灣後，大陸人來臺，注入文化的熱血液。接著一九四九年十二月七日國民黨政府遷都臺北，更是湧進大量的大陸人口。而後兩岸進入完全隔離的型態，直至一九八七年十一月臺灣戒嚴令廢除，兩岸開始有了交流與互動。一九八九年八月十一至二十三日「大陸兒童文學研究會」成員七人，於合肥、上海與北京進行交流，這是所謂的「破冰之旅」，正式開啟兩岸兒童文學交流歷史的一頁。

其實，兩岸或說同文，但其間隔離至少有百年之久，且由於種種政治因素，目前兩岸又處於零互動的階段。而後「發現臺灣」已然成為主流與事實。

因此，所謂臺灣兒童文學的源頭或資源，除前述各國兒童文學的三個源頭，又有受日本、西方歐美與中國的影響。而所謂三個源頭主要是以漢人文化為主，其實也就是傳統的中國文化。

臺灣兒童文學的起點，無論是一九〇七年（明治四〇年），或是一九一二年（明治四十五年／大正元年），雖然時間在日治時期，但無疑臺灣的兒童文學是屬於華文世界兒童文學的一支，它與中國漢人文化是有血緣近親的關係。因此，了解中國上個世紀新時代繁華盛世的兒童文學，是一種必然尋根之旅。

本套書是以懷舊和研究為先，因此增補了原書出版的年代（含年、月）、出版地以及作者簡介等資料。期待能補足你對華文世界兒童文學的歷史與記憶。

林文寶，現任臺東大學榮譽教授，曾任臺東大學人文學院院長、兒童文學研究所創所所長、亞洲兒童文學學會臺灣會長等。獲得第三屆五四兒童文學教育獎，中國文藝協會文藝獎章（兒童文學獎），信誼特殊貢獻獎等獎肯定。

總序二

原貌重現中國兒童文學作品

蔣風

今年年初的一天，我的年輕朋友梅杰給我打來電話，他代表海豚出版社邀請我為他策劃的一套中國兒童文學經典懷舊系列擔任主編，也許他認為我一輩子與中國兒童文學結緣，且大半輩子從事中國兒童文學教學與研究工作，對這一領域比較熟悉，了解較多，有利於全套書系經典作品的斟酌與取捨。

一開始我也感到有點突然，但畢竟自己從童年開始，就是讀《稻草人》《寄小讀者》《大林和小林》等初版本長大的。後又因教學和研究工作需要，幾乎一而再、再而三與這些兒童文學經典作品為伴，並反復閱讀。很快地，我的懷舊之情油然而生，便欣然允諾。

近幾個月來，我不斷地思考著哪些作品稱得上是中國兒童文學的經典？哪幾種是值得我們懷念的版本？一方面經常與出版社電話商討，一方面又翻找自己珍藏的舊書。同時還思考著出版這套書系的當代價值和意義。

中國兒童文學的歷史源遠流長，卻長期處於一種「不自覺」的蒙昧狀態。而清末宣統年間孫毓修主編的「童話叢刊」中的《無貓國》的出版，可算是「覺醒」的一個信號，至今已經走過整整一百年了。即便從中國出現「兒童文學」這個名詞後，葉聖陶的《稻草人》出版算起，也將近一個世紀了。在這段不長的時間裡，中國兒童文學不斷地成長，漸漸走向成熟。其中有些作品經久不衰，而一些作品卻在歷史的進程中消失了蹤影。然而，真正經典的作品，應該永遠活在眾多讀者的心底，並不時在讀者的腦海裡泛起她的倩影。

當我們站在新世紀初葉的門檻上，常常會在心底提出疑問：在這一百多年的時間裡，中國到底積澱了多少兒童文學經典名著？如今的我們又如何能夠重溫這些經典呢？

在市場經濟高度繁榮的今天，環顧當下圖書出版市場，能夠隨處找到這些經典名著各式各樣的新版本。遺憾的是，我們很難從中感受到當初那種閱讀經典作品時的新奇感、愉悅感、崇敬感。因為市面上的新版本，大都是美繪本、青少版、刪節版，甚至是粗糙的改寫本或編寫本。不少編輯和編者輕率地刪改了原作的字詞、標點，配上了與經典名著不甚協調的插圖。我想，真正的經典版本，從內容到形式都應該是精致的、典雅的，書中每個角落透露出來的氣息，都要與作品內在的美感、精神、品質相一致。於是，我繼續往前回想，記憶起那些經典名著的初版本，或者其他的老版本——我的心不禁微微一震，那裡才有我需要的閱讀感覺。

在很長的一段時間裡，我也渴望著這些中國兒童文學舊經典，能夠以它們原來的面貌重現於今天的讀者面前。至少，新的版本能夠讓讀者記憶起它們初始的樣子。此外，還有許多已經沉睡在某家圖書館或某個民間藏書家手裡的舊版本，我也希望它們能夠以原來的樣子再度展現自己。我想這恐怕也就是出版者推出這套書系的初衷。

也許有人會懷疑這種懷舊感情的意義。其實，懷舊是人類普遍存在的情感。它是一種自古迄今，不分中外都有的文化現象，反映了人類作為個體，在漫長的人生旅途上，需要回首自己走過的路，讓一行行的腳印在腦海深處復活。

懷舊，不是心靈無助的漂泊；懷舊也不是心理病態的表徵。懷舊，能夠使我們憧憬理想的價值；懷舊，可以讓我們明白追求的意義；懷舊，也促使我們理解生命的真諦。它既可讓人獲得心靈的慰藉，也能從中獲得精神力量。因此，我認為出版本書系，也是另一種形式的文化積澱。

懷舊不僅是一種文化積澱，它更為我們提供了一種經過時間發酵釀造而成的文化營養。它為認識、評價當前兒童文學創作、出版、研究提供了一份有價值的參照系統，體現了我們對它們批判性的繼承和發揚，同時還為繁榮我國兒童文學事業提供了一個座標、方向，從而順利找到超越以往的新路。這是本書系出版的根本旨意的基點。

這套書經過長時間的籌畫、準備，將要出版了。

我們出版這樣一個書系，不是炒冷飯，而是迎接一個新的挑戰。

我們的汗水不會白灑，這項勞動是有意義的。

我們是嚮往未來的，我們正在走向未來。

我們堅信自己是懷著崇高的信念，追求中國兒童文學更崇高的明天的。

二〇一一年三月二〇日

於中國兒童文學研究中心

蔣風，一九二五年生，浙江金華人。亞洲兒童文學學會共同會長、中國兒童文學學科創始人、中國國際兒童文學館館長。曾任浙江師範大學校長。著有《中國兒童文學講話》《兒童文學叢談》《兒童文學概論》《蔣風文壇回憶錄》等。二〇一一年，榮獲國際格林獎，是中國迄今為止唯一的獲得者。

目錄

小朋友文藝篇

紅葉

今天是星期日，勤芬早晨起來，便走到花園裡散步。伊看見夏天的青色的楓葉，到了秋天，都變成紅色，伊的心裡覺得奇異，低頭想了一會，也想不出是什麼原故。過了兩三天，伊也不去問別人，仍然一個人想著這件事。

有一天晚上，伊走到自己的屋裡，睡在床上，隔了一會看見一個美貌的仙女，立在伊的床前，叫伊道：

「勤芬！起來呀！」說話的聲音，和那草裡的秋蟲一樣。

伊聽了不知要怎樣回答才好，只是笑嘻嘻地看著仙女的臉，仙女見勤芬不說話，就笑道：

「勤芬！我是秋天的神，我因為你不懂楓樹的葉子變成紅色的原故，所以我來告訴你，我來帶你去看，你肯去麼？」

勤芬聽了，喜歡得從床上跳下來，急忙說道：「我要去看！」仙女道：

「我背你去吧！」於是伊把勤芬負在背上吩咐伊道：

「你把眼睛閉著，我叫你睜開的時候，再睜開。」
「我知道了！」
「眼睛閉了麼？」
「閉著了！」
只聽得一陣呼呼的風聲過去，仙女就叫勤芬睜開眼睛。勤芬睜眼一看，來到一所美麗的宮殿裡，伊把眼睛睜得圓圓的，向四面看了又看，伊問道：
「這是什麼地方？」仙女笑著答道：
「這所宮殿，是我們預備做秋天的工作的地方，請你到這邊來吧！」
伊牽著勤芬的手，順著珊瑚的欄杆，走到宮殿的上層去。上面有一間大屋子，屋裡有許多像使女的女郎穿著紅色的衣服，挽起兩袖在那裡作工，嘴裡唱著歌。伊仔細一看，又有一部分的女郎搬了許多青色的樹葉來，樹葉搬來之後，有許多女郎拿著刷紅色的毛刷將青色的樹葉染成紅色。伊們唱道：

秋天山中行祭禮，
我替你們穿紅衣，戴紅帽，

穿好了，戴好了，
你們瞧！你們瞧！

那些拿毛刷染樹葉的女郎又唱道：

祭禮好熱鬧，
早晨的日光，黃昏的斜陽，
替你們增色不少！
穿紅衣，戴紅帽。

伊們一面唱歌，一面用毛刷把樹葉染紅。勤芬用心看伊們，好像連氣也不敢出的樣子。這時那些把青的樹葉抱來的女郎，都空著手要走了。

「各位！山上都沒有綠葉了，到處都變成紅色了。」

「那麼我們不要染什麼了。」

這時有一個看見了勤芬，說道：

「那裡有一個白色的女孩，我們把伊染紅了吧！」

說時，便走過來拉勤芬。

勤芬吃了一驚，要想請仙女說情，回轉頭來一看，仙女不知什麼時候已經走了。那些女郎一齊圍著伊，把伊周身都塗成紅色。伊急得大聲哭起來了。

伊一哭就醒了。伊身上穿著的紅色的睡衣，被燈光照著，很鮮豔的放光。這時伊心中才安定了，吐了一口氣，說道：

「原來是做夢呀！」

「樹木的葉子，到了秋天，被霜浸蝕，就成紅色……」

第二天伊向母親說了夢裡所見的事，母親便笑著這樣回答伊。

雪姑娘

我的名字叫雪姑娘。

我往年住在山裡的時候，有許多小孩子，到山裡來遊玩，練習兵操，唱著「雪中行軍」的歌，我還記得有幾句是這樣的——

山中處處皆大雪，
路上無人飛鳥絕，
北風吹凍皮肉開，
黑衣變成白衣色。——

他們的臉被北風吹成紅色，手也凍紅了。但是他們一點不怕，仍舊歡天喜地地在山裡跑。有時他們還將我當作玩具，拋來拋去的。前面的四句歌，就是指我說的。

現在說起來，雪姑娘這個名字，還是你們給我取的。大家的心裡都以為「雪」就是最白的東西，其實也不盡然。我出世的時候，雖說和冰、玻璃等一樣，是凝結而成的；但也全靠幾個朋友，連合在一起，重重疊疊的，然後你們才可以看見我的顏色同白鵝毛一樣的白。所以有人說道：「白雪的白，如白玉的白。」或是說：「雪和棉花、白砂糖同樣。」

但是我的朋友之中，也有黑的，也有紅的。從前義大利地方，有一年曾經降過黑色的雪；當時的人大大驚異起來。只要我說明了，就不值得吃驚。色黑的原故就是因為有許多黑色的小蟲死在雪裡，所以變了顏色。在日本的某一個地方，也曾經落了一次紅色的雪，當時那地方的人，都說這是豐年的預兆，於是大家都敬神叩頭，忙個不了，我們看見他們這樣，都暗暗的好笑。降紅雪的原因也和降黑雪的原因一樣，不過是雪裡有無數紅色的生物罷了。

說不定有一年，我們的顏色要變成紅的，黃的，那時請諸君不必驚慌。我們生產的地方，是在很高很高的空中，到了長成「雪」出現於諸君眼前的時候，已是經過長時間的空中旅行，其間難免有各樣的瓦斯，和在空中遊弋的生物，與我們結伴同來，對於一切的樹木花草，總有幾分冒犯之處，實在抱歉得很，這是沒有法子的。

如果問我們為什麼只在嚴寒的時候，才來訪問諸君，這因為我們的性質是如此。空中的水蒸氣冷了，降到極寒的冰度以下，於是凝結起來，變成小點，小點的冰，有人稱他為冰的結晶。無數小的冰的結晶集合，就變成做雪了。

我們也有親戚，有時和他們相會。現在我介紹我的親戚霰先生。他是水蒸氣凝結成冰的結晶時，剩餘的水蒸氣變成了水滴，於是他們二人也攜著手來拜訪諸君，他們的樣子和我有點不同。

所謂冰的結晶形狀也各不相同，有如細粉的，有如鳥羽的，有如棉花一樣的。聽說諸君稱他們為雪片。

諸君之中，不免有人說我是一種白的冷的東西，一點沒有什麼用處。可是我覺得自己的姿首，實在足以自豪。諸君不信，可以用一個黑漆的盆，把我們裝在裡面看看，就曉得我的姿首美不美。有許多能作詩的人，都拿我們當作題目吟詠。唐時有一位柳宗元先生，他做了一首詩，名叫〈江雪〉，說道：

千山鳥飛絕，

萬徑人蹤滅，
孤舟蓑笠翁，
獨釣寒江雪。

又有一位祖詠先生，作了一首〈終南望餘雪〉的詩，說道：

終南陰嶺秀，
積雪浮雲端。
林表明霽色，
城中增暮寒。

西方有一位蔣孫先生，也曾作過一首「降雪」的童謠，他說：

看那美麗的雪片呀！
從天空落下，

他們把牆上和屋腳，
軟軟的密密的蓋著。

窗緣上，
樹枝上，
好快呀！
他們重新集合，
空中還紛紛的撒著。

看園裡，
青色的草，
都不見了，
被雪片遮著。
現在呀，又禿又黑的短樹，
看去又軟又白，

樹枝都被壓著，

這是何等美麗的景色！

諸君讀了這些詩，可以證明我們是裝飾世界的，不是全無用處。有許多專門研究我們的學者，特意用顯微鏡替我們照像，據說我們的面貌，共有二百六十種之多。

其次我要告訴諸君的，就是我的愉快的空中旅行。這次旅行，從很高很高的空中起，到變成諸君手裡玩弄的雪球為止。我來到地上和我的親戚——雨霰們不同，我是不慌不忙走來的，有時雨先生很責備我說我太過於從容、隨便了，但是我有很深的理由，責我也是無用的。諸君試用一粒鉛丸從高處落下，即刻就落到地上。如果拿一些棉絮從高處撒下，就要被風吹蕩得飄飄不定，就是這樣一點短距離的空中旅行，已經不能夠快了。何況我是從很高很高的地方走來呢？

這個理由是很簡單的，就是因為鉛丸很重，他推開空氣的力量比較強些。棉絮恰好相反，力量很弱，所以它慢慢的下落。許多研究物理學的人說：「鉛丸對於空氣的抵抗較大。」所以雨和霰同我比較起來，他們和鉛丸一樣，身體比我重，所以來得快些。大粒的雨一秒種可走十六米突①的速度，我們呢，對不起諸君，慢得很，一秒種還走不到一米突，只走〇．九米突。這個計算並不是我胡謅的，是一位德國有名的柯爾尼茲希先生說的，大概不至於錯吧！像我們這樣的開慢步，和雨、霰們比較起來要算我們佔便宜，因為我們空中旅行的時間久些，可以從容的遊玩呢！

我的空中旅行雖是遲慢，不盡是我一個人貪玩，也替諸君做了許多事，想來諸君在學校裡的時候，總聽著先生說過這樣的故事：古時沒有電燈、煤氣燈、洋油燈的時候，雪的光可以照著人走路。又有貧乏的讀書人，他沒有錢買油點燈，就借螢火蟲的光和雪光讀書，後來成了名人。這可見我們慢慢的旅行，不是全無用處的。

說到這裡，諸君一定要問：「你的光是從何處來的？」其實我自己並沒有光，不過我反射太陽光的力量較強而已。

聽說住在時常落雪的地方的人，常患眼痛。痛得激烈的，醫生稱為雪眼病。所以住在寒帶的人，如西伯利亞美洲北部的阿拉斯加等處的人，都戴上黑色的眼鏡，以避雪的光線。

太陽光遇著我們的時候，我們就即時反射，變成一種惹人厭的光線放射出來，這種光線被人稱為「紫外線」。喜歡作滑冰遊戲的人，只要繼續著滑上一星期，他的臉色就要變成黑色，和夏日在海岸行海水浴的人一樣，把臉弄黑。這稱為雪傷。雪在黑暗的夜裡，發出一種微光。有人說在積雪裡面看見一種光，像蛇的眼睛所發的光一樣，這便是雪裡混有能發光的微生物的原故，不算什麼奇事。

我有許多姊妹芳名叫冰柱，太陽照著的當兒越顯得美麗。伊們生在人家的屋簷下，身子有高二尺的、三尺的，像幾百根筍子倒垂著一樣，我看見伊們，我心裡覺得喜歡。

諸君想必會過我的姊妹們。我為什麼有這樣奇怪的姊妹呢？就因為我們的同類，和太陽爭鬥，被太陽光融解成水，過著深夜的冷風，就凍結成冰了。流到冰上的水又凝結起來，就成為冰柱了。

老人家時常說降大雪是豐年的預兆，這是什麼原故呢？據我自己想來，雪落在地上幾天不融解，地面受了嚴寒，將附在麥、稻上的害蟲和害蟲產生的卵凍死，也是一個原因。說到這裡，諸君也許要問我說：「那末不必落雪，只要天氣寒冷也可以殺害蟲的，」這樣的質問不能算錯，可是總不及落雪的好。麥稻的害蟲死了，第二年發芽就容易茂盛，到成熟的時候，農夫們能夠豐收，所以說落雪是豐年的預兆。

最後我把我自己的一件奇事告訴諸君！我有一位朋友，他的樣子有點像我，他的名字叫做鹽。在炎熱的夏日的時候，我時時和他相會。你們在夏天吃的霜淇淋，就是全靠我和他的共同幫忙做成的。因為我和他相會，就變成在零度十五度以下的寒度，使得霜淇淋凝結起來，好等諸君受用，這不是很奇異的麼？

今天晚了，我要回去了，以後再談吧！

注①：米突，meter 的音譯，即「米，公尺」之意，下同。

烏鴉

山腳的樹林裡，有烏鴉做了他們的巢。每天早上，天還沒有亮，許多烏鴉排列成行，朝著東方，高高地飛去。

這時候，村裡的人家，有的起來了，有的還在睡覺，烏鴉很早的飛出去，找尋吃的東西。

一天到晚，它們在田間裡、河岸邊、海濱，飛來飛去。如果有一隻烏鴉，看見了什麼食物，它就通知大家，決不肯把那東西當作自己一個人的。

它們無論到什麼地方都是一起飛的。有一隻烏鴉被老鷹來傷害時，它的朋友們便來幫助，大家和老鷹打架；要是打不過老鷹，大家便一齊逃走。

到了晚上，烏鴉向著山腳，排成隊伍飛回來了。

「刮刮」地叫著，在村莊的天空，高高地飛過。春，夏，秋，冬，每天，每天，它們總是這樣。

有一天，國士站在自家的屋外，看著鴉群刮刮地叫著，飛過頭上。黑黑地排成一行，鴉群朝著西方飛去。飛在前頭的烏鴉，飛得疲倦了，後面的一隻烏鴉，就趕在它的前頭飛著，這一隻稍微落後一點，其他的一隻又趕在它的前頭了。有氣力的、翅膀輕捷的烏鴉，飛在前頭，率領著大家在空中飛。

烏鴉們各自拿出精神來，努力的飛，沒有一個離開隊伍的。飛在前頭的烏鴉，對於前面的原野、河流、海濱、村莊、街市，時時刻刻都留心，提防著別的東西來傷害它們。

國士瞧見烏鴉的隊伍很整齊，他心裡很佩服。他從第一隻烏鴉起，一、二、三地數那些烏鴉。

他在鴉群裡，瞧見一隻烏鴉，它的翅膀受了傷，怪可憐的。這隻烏鴉是和它的敵人打了架麼？是被鳥槍打傷了麼？還是被棒打傷了麼？他的右翅已經破了。

「翅膀受了傷，還能飛麼？」國士擔憂似地，注視著那隻烏鴉。

那隻烏鴉的翅膀受了傷，是容易疲倦的，它飛了一陣，便落後了。它的朋友們像憐憫它似的，或前或後，擁護著這只烏鴉。

翅膀受傷的烏鴉，重新飛進隊伍裡了，它自家不甘心落後，向前飛去了。

國士忘不掉那隻可憐的烏鴉，到了晚上，他睡在床上，心裡想：

「它要平平安安地隨大家一起飛回樹林裡才好呢？」他到學校上課時，又想起了烏鴉，他說：

「今天晚上那隻烏鴉會在空中飛麼？」

他從學校回到家裡，放下書包，便到外面去遊玩。路上的積雪還沒有融化。天晚了，靜悄悄的，鴉群七隻一隊，九隻一隊的，飛回來了。刮刮地叫著，朝著西方飛來了。

「昨天的那隻烏鴉歸來了麼？」國士仰視天空，心中這麼想。正當這時，從遠遠的那邊，有許多烏鴉，排成一列，朝著這邊飛來了。他仔細一看，就是昨天的那一隊。

其中的一隻受了傷的烏鴉，今天飛在末尾。但是，好像不願意離棄那一個似的，大家整齊了步調，一起飛著。

國士對於那隻受傷的烏鴉表示同情，他想：「為什麼今天飛在最後呢？」

那天晚上，他比前天更擔憂，睡在床上也不會忘記。第二天，他到學校去，從窗裡看見一隻烏鴉在運動場的樹上叫，他就想起那隻可憐的烏鴉了。

「今天怎麼樣了！」他從學校回來，正是傍晚的時候，他和平時一樣，等待那些烏鴉飛過。

天晚了，鴉群朝著西方飛來了。國士每天看慣了的鴉群，飛過他的頭上。那受傷的一隻，今天飛在最後，像是勉強附著大隊飛的樣子。

他替那隻烏鴉擔憂，它不會被大家捨棄了麼？鴉群漸漸地飛遠了，他一直看著它們，到看不見才止。

「明天怎樣呢？」國士的心裡這麼想。

到了第二天的傍晚，他站在屋外，用他的同情的眼睛等待著那可憐的烏鴉飛來。沒有多久，那一隊烏鴉飛來了。可是，那隻受傷的烏鴉不見了。他數那些烏鴉，果然少了一隻。

「那一隻怎樣了？」

他的胸裡難過起來了，覺得怪可憐的。

「那隻受傷的烏鴉怎麼樣了？」

第二天，站在路上，看著空中的鴉群。那一隻烏鴉仍然沒有看見，大約是永遠不能夠看見了吧！

有一天，國士和幾個朋友在學校裡鬧著玩，有一個同學跌了一跤，腳骨撞在石凳上，受傷了。大家嚷著，紛亂起來。那個不幸的同學，送回家裡去了，並且請醫生看過了。

這天的翌日，那個同學便沒有來學校上課。國士和他的朋友們，都憐惜這個受災難的同學。這時國士的心裡想，人受了傷，有醫生會醫治，像那隻烏鴉傷了翅膀，有誰替它醫治呢？

冬天去了，春天剛剛來到，常常吹風下雨，郊野和山上的雪都融化了。接連兩三天，下了大雨，暴風吹著。像這樣天氣，烏鴉就不能夠和平時一樣，排隊飛翔了。

國士到學校裡去時，見那受傷的同學已經好了，大家又喜喜歡歡地在一起遊戲了。

國士又記起了可憐的烏鴉，他想：

「烏鴉的翅膀受了傷，就是請醫生看也不會醫好的，怎樣才好呢？這樣的大風大雨，它住在哪裡呢？」

他想永遠看不見那隻烏鴉了。

春天來了，和暖的風吹著。有一天傍晚，國士正在外面玩著。西方的空中，有紅霞罩著。太陽靜悄悄地下沉，雲的顏色，樹林的影子，同被酒醉了似的。國士眺望時，瞧見那隻受傷的烏鴉，正和它的朋友們在空中飛翔。

他覺得出乎意外，心裡好歡喜。他拍著手叫道：

「那隻烏鴉已經好了！」

烏鴉刮刮地叫著，朝著西方飛去，漸漸變成一點黑影，看不見了。

從這一天起，在地上好像長出了「幸福」似的樹枝上苞蕾漲鼓鼓的，樹芽也著了顏色，冬天不知逃到什麼地方去了，世界上全是春天了。

從此以後，到了傍晚，烏鴉從東方飛到西方，或是從南方飛到北方，雪白的鷗鳥也排著隊飛來了。鷗鳥貪戀著寒冷的地方，它們繼續趕路。從這村莊的空中，向北方飛去的鷗鳥，它們不再飛回來了。只有鴉群，依然每天從國士的頭上飛過。

（小川未明原作，改作）

蘿蔔

秋天菜園裡的蔬菜，是很多的。有白菜，青菜等類。其中要數蘿蔔是今年菜園裡的特產。

種地的人，他是辛苦的。到了收成的時候，看見自己的成績不壞，自菜這樣的肥大，蘿蔔又粗又甜，心裡覺得喜歡。

他先把菜種撒在地裡，後來發出像飛蛾翅膀一樣的嫩葉，這其間已經費了不少的工夫。有蟲附在嫩葉上的時候，就急忙捉了下來。炎熱的夏天，當有錢的人在屋裡晝寢的時候，他卻在園裡施肥料。如果接連幾日不落雨，土壤乾裂了，他就拿水撒在土上，一點也不敢偷懶。

經過了許多的辛苦，蘿蔔等類，才漸漸成熟。種地的人見了，喜歡得什麼似的，他不停的看著那蘿蔔，像看自己的兒子一樣。

如果把自己的血汗所結成的菜蔬，馬上裝進車裡，送到街上去賣，他覺得有點捨不得。他沉思一會，不如先拿幾根好的，送給他的地主再說。

他在許多蘿蔔裡面，選了十根頂大的，拿到地主的家裡去。他的地主住在村裡，到了那裡，他向地主說道：

「老爺！今年的蘿蔔，特別長得好，我帶幾根來送你，請你看看！」

地主仔細看他帶來的蘿蔔之後，答道：

「對的！今年的蘿蔔長得很好，大概是天時好的原故吧！」

「老爺！今年的毛蟲比去年多哪！有幾個月的雨水太多了，有幾個月又苦於天旱。」他說這話的意思，是要表明這樣的好東西，是經他的兩手做成的。

「今年的雨水不算多吧！」地主說畢，從袋裡摸出兩角錢，向他的懷裡一放，他一面推讓一面行禮。說道：

「請不必這樣客氣吧！」推辭了一會，他才收下了。

種地的人回去以後，地主看著他足旁的蘿蔔，一個人自言自語的說道：

「他真會自誇呀！這樣的蘿蔔，值得幾文錢呢？到街上去買來的，也和這個相差不遠。」

這個時候剛好有一個賣花的人，從山裡回來，帶了許多石南花來，他向地主說道：「我替你把石南花栽在院裡。」地主自然是很喜歡的。

賣花的人把花栽好了坐在簷下，和地主談天，他說：

「老爺，我遇見了奇怪的事，這事想來不是人力所做得到的，一座險峻的深山裡，隔著一條山溪的對面的岩石上，當太陽射著石岩的時候，就發出五色的光，我和引路的人都不知那是什麼？」

「那不是金剛石麼？」主人這樣說。

「金剛石這樣東西，我還沒有見過。那個地方會有金剛石麼？」

「是的，聽說金剛石都是藏在石內的。那發光的也許是玻璃的碎片吧！」

「老爺！你別說笑話哪！那個地方，猿猴、狗熊都不能去的。」

地主聽賣花的說了以後，他想如果真是金剛石，就是發財的機會來了。

賣花的人走後，地主有閒暇的時候，便想這件事。

從前他曾經聽著一個故事，故事裡說一隻航海的船，正在海中駛行的時候，看見岩角發光，將船駛近一看，就發見那發光的是金剛石。現在他也想學航海的人冒著險去看一下。因為今年國內有了戰事，生意不好，借此當作旅行，也還算值得的。

他將賣花的人叫了來，告訴他說要去看看石岩上發光的東西。賣花的人聽說，心裡盤算，第一是山路崎嶇，不容易跋涉，並且秋天的氣候容易變化，他勸地主不必去。主人催促他說：

「你務必要引我去，我每天給你工錢。」又用手指著地上的一堆蘿蔔說：

「這樣大的蘿蔔我也送給你。」

賣花的人聽主人說要給工錢，又得了許多大蘿蔔，並且趁這個機會還可以在高山上採些花木回來，他也就答應了。

種地的人，一年之中，沒有休息，時時都在地裡或田裡做工，每天的工作是繼續不斷的。自從那天他把蘿蔔送給地主之後，有好久沒有和地主會面了。地主正要到山裡去看金剛石的那天，他在路上遇著了。他問地主說：

「你們到哪裡去？」地主用手指著遠遠的一座山說道：

「我們到山裡去，要帶許多貴重的東西回來呢！」

種地的人聽地主說要帶許多貴重的東西回來，他不知道是什麼，心裡想：恐怕是地主說大話吧！山裡怎樣會有貴重的東西呢？像我們種地的人，一年四季，每日從早至晚，不停的做工，還得不著幾個錢，也沒有見過有趣的東西，真是無味。既而他又想道：凡是人都應該守本分，誠實的工作，不可妄想非分。於是他向地主說了一聲「再會」，仍然回到家裡做他的工作去了。

地主走在路上，問賣花的人道：

「不知天氣可能晴和？」賣花的人答道：

「老爺！你看天空沒有一片雲，這樣晴朗的天氣是不常有的。」主僕二人又努力前進。

第二天他們到了山裡，請了兩個強壯的人引路，順著山道走去。

他們走上崎嶇的山路的時候，地主一眼就看見金剛石發出的光，因此他將一切痛苦都忘了。那時是秋天，天氣容易變化，忽然落雨，山路更加難走，他看著那金剛石的光，一點不以為苦。

賣花的人引主人到他從前看見發光的地方，這時天氣晴了，太陽光射在溪流對岸的岩石上。大眾都偏著頭仔細看，地主心想此次花了錢到這裡來，總算不是白跑，心中很歡喜。不過從這面到金剛石的地方，隔著一條溪流，不容易過去，他想到這裡，不覺納悶。

地主沉默不語的時候，有一個引路的人從容不迫的說道：

「你們注意的是那放光的東西麼？那是岩縫裡湧出來的水。」

「是水！」

「是水麼？」

大家聽他說那發光的是水，都駭得呆了。地主和賣花的這時才明白發光的不是金剛石，也不是什麼玻璃之類。

地主垂頭喪氣的回到家裡，心中氣忿不平，責備賣花的人道：

「你做了許多年買賣，連岩縫裡湧出的水都不知道麼？」那賣花的人本來是極老實的，聽主人責備他，他也沒有什麼話可以回答。

他們回到村裡的時候，看見從前送蘿蔔來的種地的人，依然不停的工作，這時地主才知道一個人不可妄想非分的東西，應該用自己的手作工。不然，種地的人便不能夠得到那樣大的蘿蔔。

他想起從前那一堆又白又大的蘿蔔，不覺嘆了幾口氣，深悔不應該把蘿蔔送給那賣花的人。

他再回頭看栽在院裡的石南花，不知什麼時候已經枯死了。

伶俐的老鼠

有一天，一匹老鼠到廚房裡覓食，從小孩的屋裡走過，他看見小孩的床前有一雙靴子，他就把靴子穿在腳上，喜喜歡歡的走出來，剛走到門外，就遇著一隻很大的貓。貓看見老鼠就攔著路不准他走，問道：

「你腳上穿的是什麼？」老鼠知道事情不妙，就答道：

「貓先生！這是現在頂流行的靴子。昨天我到市裡去，看見各處的貓和老鼠都穿著這樣的靴子，手裡還戴著手套，他們打扮得十分好看，所以我也買了這一雙靴子。市裡像你這樣赤著腳跑路的是沒有的了。許多富貴人家的貓，他們都穿著極講究的洋服。」貓聽了，笑著說道：

「原來是這樣麼？你快點把靴子脫下來給我，我就饒你的命。」

「只要你饒我的命，我就送給你。我給你穿上吧！」

伶俐的老鼠將靴子脫下來，替貓穿在後面的兩隻腳上。穿好了老鼠又說：

「貓先生！我的弟弟是一個裁縫匠，我替你定做一雙手套，和一套洋服，你看好麼？你戴了手套，穿著洋服，更加美麗。」貓笑著說道：

「對呀，我穿了洋服，就沒有誰知道我是貓了。我可以照你說的辦。」

「我替你比尺寸，在今天之內，就可以做好。」老鼠一面說，一面量貓身上的尺寸。

貓走後，老鼠急忙跑回穴裡，叫他的弟弟，妹妹，拿出從前預備著的皮和針出來，做貓的手套和西服。

第二天，貓老早就在那裡等候。伶俐的老鼠和他的弟妹，把手套和洋服都拿來了。他們將手套戴在貓的前足上，用極細的帶子紮緊；將洋服替他穿上，他們有意把洋服做得又小又緊，穿在身上，不能夠動彈。

「果然好看！雖然手和腳有點不舒服，只要這是時下流行的樣子，也顧不了許多。」貓說時，就搖搖擺擺的走出去了。

老鼠們在後面看著貓的後影，大家都笑起來了。站在廚房門外的母雞看見貓的樣子，也哦哦的笑道：

「老鼠先生！你們平時喜歡做壞事，今天你們卻做了一樁好事了。從此以後，貓不能夠追逐我的兒孫了，多謝你們哪！」

故鄉

有一個女孩，每天在家裡幫伊的母親做事，做完了，就到山裡去撿枯材。那時已經下雪了，天氣寒冷，野外變成了銀白的顏色。伊很盼望和暖的春光，早點來到世上，伊等很久了。

到了春天，冰雪漸漸融化，各處的花都開了。再過幾日，樹上的綠葉就繁茂起來；溫暖的風，吹到身上；美麗的日光，照著各處，使人的心裡覺得很舒適的。女孩每天唱著歌走到山裡去。光陰很快，春夏秋冬就這樣的過去了，伊也一天比一天長大了。

有一天，伊照常走到山上的樹林裡去。看見一隻可愛的小雀在樹上叫，叫的聲音很好聽。伊就站著不走，看那枝上的小雀。伊說：

「好可愛的小雀呀！眼睛又黑又美，真令人愛你！」

枝上的小雀聽著下面有人說話，就停著不唱了。看見一個女孩站在下面，就說道：

「請你愛我！我沒有兄弟，也沒有姊妹，我每天在林中飛來飛去的，寂寞的唱歌。」女孩聽小雀說了，伊答道：

「可愛的小雀，我很愛你。你的眼睛為什麼這樣好看，仿佛是透明的。」

「這是因為我出世以來，還不曾看見過汙穢東西的原故。死了的母親，伊從來不准我到市上去。伊說如果你飛到市上去，看見許多東西，眼睛就要渾濁了，還要失明。除了這青綠的松林和清澄的溪流，你不可看別的。若果你信我的話，你無論什麼時候都是年青的，美貌的。——母親向我這樣說過。」

女孩聽了，就問小雀道：

「你守著你母親的話麼？」小雀答道：

「是的。我的朋友有飛到市上去的，一去就不見回來，也有暫時飛來住在林裡，不能忍耐，仍舊羨慕市上飛了回去的，總不見他們回來。」

女孩又熱心的問小雀道：

「你的朋友，到市上去過的，他們的眼睛是渾濁的麼？」

「這我倒不曉得。但是他們的眼睛裡總有不安靜的影子浮著。據朋友們說，他們在市上看見了美麗的，稀奇的，恐怕的東西，大概是因為這些東西脅迫他們的心吧！」

女孩聽了小雀的話，立著不動，低著頭想了一會，嘆了一口氣說道：

「唉！我也是沒有到市上去過的！」小雀又說：

「我決不到市上去，我守著母親的話，想在林中度過一生，請你愛我這可憐的人吧！」

女孩聽了，將伊的柔和的眼睛，看著小雀說道：

「你的眼睛真美麗！令人可愛！」小雀答道：

「求你愛我，你若愛我，無論什麼東西我都送給你。這翅膀，這聲音，這眼睛，一齊都送給你！」

「好溫雅的小雀呀！我是說不出的愛你。我也不要什麼，我只要一雙像你的這樣好看的眼睛。如果有了這樣的眼睛，是何等的美麗呀！」女孩一面說，一面幻想伊自己的容貌。

小雀聽了，就把他的頭朝著下方，說道：

「我的眼睛、翅膀，還有聲音、貴重的生命，一概都是你的，我從此以後，就生存在你的胸懷裡了！」

此時女孩不覺說了一聲：

「好愉快呀！」小雀又說道：

「我還想將別的東西送給你，但是我除此以外沒有什麼了。這個樹林裡，沒有比我的生命更重要的東西，我所視為貴重的，都一齊送給你，你每天到林裡來，望你不要忘記我，永遠記著我。用你的美妙的聲音替我唱歌，也不要捨棄這樹林。那麼，我是何等的幸福呀！」

女孩仰視小雀，說道：

「如果能夠這樣——」

一會兒伊又嘆了一口氣說道：

「比你的眼睛更好看的，比你的聲音更好聽的，這世界上都沒有。我每天要來這林裡唱歌，無論何時都想著你的。」

「請你永遠愛我！」

「我們明天再作快樂的談話吧！」女孩就回家去了。

到了第二天，女孩走到樹林裡去，伊站著用心聽了幾次。從前小雀叫的聲音，聽不著了，又有風吹樹枝作響。伊的心裡詫異，「這是什麼原故呢？」

今天約在樹林裡相會的事，也許小雀已經忘記了麼？想來他是不會失約的。伊的心裡覺得很悶，伊走到昨天和小雀說話的樹下，忽然看見小雀墮在地上，已經死了。

伊趕忙把小雀拾起，抱在伊的懷裡。

「你說的話，並不是假的，你真為我死了麼？從今以後，你就住在我的胸裡吧！但是我不能夠再和你說話，不知怎樣的寂寞哪！」伊說了，眼裡流出熱淚，落在冰冷的小雀的身上。

女孩漸漸成大人了，生得十分美麗。伊的眼睛很瑩潔，說話的聲音也明朗，頭上的黑髮，發出光澤。

伊不管颳風或下雨，總常到樹林裡去，一個人在那裡唱歌。有一天，伊看見一隻從來沒有見過的小雀，站在一棵樹上唱歌。那樣的歌聲，是伊從來沒有聽過的。伊向那小雀問道：

「你唱的是什麼歌？」小雀答道：

「我唱的歌，是在市上學來的。」

女孩聽了小雀的話，駭了一跳。便記起那隻死了的小雀，守著他的母親的話，至死沒有到市上去過，又想起到市上去，眼睛的顏色就要變渾濁的，所以伊聽了「市上」二字，就覺得不安。伊想問個明白，於是就問小雀道：

「市上是個什麼樣子呢？」小雀答道：

「市上和這裡相差得遠。市上有許多高大的房子，又有許多美麗的人在街上走來走去。車馬來往不息，無論什麼東西，市上都有。世界上的希奇物件，也堆集在那裡。我們樹林裡的果實，山上的栗子、柿子，市上無一樣沒有，這些都是我親眼看見的。我想讓那些沒有去過市上的朋友們知道，所以我才飛回來的。現在我正在尋找我兩年前的一個朋友，所以在這裡唱歌。」

「那麼，市上是很好的了。」

伊聽了小雀所唱的歌，不覺有了為他所誘惑的心境。小雀答道：

「是很好的！不到市上去一次，夠不上說是見過世面的。可是有一件困難的事，就是我從前在林裡所唱的歌詞，都忘記了。那首歌，是我叫朋友們來這裡相會的歌。現在我既唱不出來，朋友們也不會來了。」

女孩聽了，看看小雀說道：

「你忘記了麼？那首故鄉之歌，我卻是沒有忘記的，我唱給你聽，你好好的聽吧！」

我的朋友呀！
你們在谷中？在山上？在林裡？
天上的雲雖然美麗，
怎奈他不知道我的心，
山上的雪寒冷，
他不過潔白如銀。
狂風呀！你們雖然在空中吹，
怎能擾亂我口裡的歌聲。

伊用美妙的聲調唱完了。在樹上靜聽的小雀說道：

「我聽了你的歌聲，我便記起來了。從前的情景，仿佛如在眼前一樣，我的心臟都顫抖了。……」

小雀的話還沒有說完，撲的一聲，就從樹枝上落下來了。

冬夜的夢

新年的前一星期，志剛的父親買了一雙皮鞋送他。皮鞋是頂好的皮革做成的，色黑如漆，異常的光亮，可以照得見人的臉。鞋底是用厚橡皮做的，鞋頭上有好看的花紋，鞋背上的帶子，是用絲織成的。

志剛得了皮鞋，歡喜得和樹上的小雀一樣，在屋裡跳來跳去，手裡拿著鞋子，看了又看，他捨不得將鞋子穿在腳上，只是放在他的小書桌上，十分的愛惜。他為什麼這樣的愛惜皮鞋呢？第一：因為這樣好的鞋子，他要等到過新年的時候才穿，第二：他得著這樣好看的鞋子，是父親愛他的表示；所以他不肯即刻穿上，像玩具一般的放在書桌上。

到了晚上，他看了一會書，覺得有點疲倦，就用手去撫摩皮鞋，這時他忽然想起他去睡覺的時候，地板下的老鼠要來齧他的皮鞋。他就想了一條妙計，將皮鞋放在被單下面，和皮鞋一同睡覺。

他睡在被裡的時候，還用手去摸皮鞋，仿佛防他飛去。他正這樣想時，有一隻皮鞋，當真生出了一對翅膀，好像他在花園裡看見的五彩的大蝴蝶一般。那皮鞋的翅膀動了一下，就翩翩的飛出屋外去了，志剛心裡吃了一驚，他想去追那鞋子，誰知果然如願，他的身子也飛在空中了。那鞋子飛得高，他也飛得高，那鞋子飛得低，他也飛得低。他和鞋子就像空中的兩隻蝴蝶，飛來飛去。可是志剛想去擒那鞋子，用盡氣力，也擒不著。那鞋子總要比他飛得高些快些，他追了許久，還追不著鞋子，他著急起來了，竟至放聲大哭。他一哭，就哭醒了，知道自己的身體仍然睡在床上，沒有在空中，這才覺得放心了許多。再一摸身旁的一對鞋子，鞋子不在了，他的心裡又吃一驚，難道可愛的鞋子當真飛走了麼？他的心裡疑惑得很，就跳下床來，暗中在地板上摸索，後來在床下摸著了。

志剛心裡猜想，定是他在夢中追逐鞋子的時候，手足難免亂動，將一雙鞋子推出被外了。他想起夢中的事，不覺在被裡咕咕的笑。

他用手緊緊的抱著鞋子，想再睡一覺，但是院裡的雄雞已經喔喔的叫了。

樵夫

有一個在山裡砍柴的樵夫，他看見松樹的頂上有一個鳥巢。

他想捉巢裡的小鳥，把砍柴的斧頭插在腰上，他爬上樹去了。

他攀著樹枝，慢慢地爬到最高的樹梢，正要伸手去捉巢裡的小鳥，他自己不小心，尖銳的樹枝刺痛他的眼睛了。他大聲叫道：

「哎喲喲！」

他的眼睛痛得很，攀著樹枝的手一鬆，他就從很高的樹上滾下去了。

「哎喲喲！」

他的屁股跌腫了。他正想從地上爬起來，不提防地上有一條毒蛇，在他的腳趾上咬了一口。

「哎喲喲！」

他知道被毒蛇咬了，毒液要走到全身的血管裡去，人就沒有命了；除非把毒蛇咬過的腳趾，用斧砍下來，是沒有別的方法可以救急的。他趕快取出斧頭，向著蛇咬過的腳趾，用力砍去。因為他心慌意亂，連別的好好的腳趾都被他自己砍下來了。

「哎喲喲！」

他的眼睛痛，屁股痛，腳趾更加痛，他忍耐著，一拐一拐地走回家裡去了。

他走到屋外，便叫他的妻子，叫了幾聲都沒有聽著答應。他生氣了，他走進廚房，看見妻子坐在灶旁打磕睡。

「好懶惰的婆娘！」

他氣急了，隨手拾起一根柴棍，朝著妻子擲去。不料沒有擲中他的妻子，反而把放在灶旁的，一個價錢很貴的水壺打得粉碎了。

「哎喲喲！」

他又痛又生氣，便倒在地上了。

從此以後，他要叫多少「哎喲喲！」呢？

這可沒有人知道了。

兒童戲劇如何表演

學校裡逢著紀念會的時候，大多由學生表演戲劇當作會場的節目之一，對於學生本身雖然也有益處，但僅靠著這樣的機會表演，恐不能得著戲劇的真正益處。又如把教科書上的材料拿來表演，因為這些材料，不是純粹的兒童劇，所以也不很恰當。

我們除正課以外，應時時請教師指導我們表演純粹的兒童劇。兒童劇的表演，第一是選擇劇本。這劇本選擇的職務，可以委之校中的師長或指導者，但我們也可以參加意見。

劇本選好後，便要練習。練習的秩序大約如左：

(一)決定扮演的角色，定演習時的規劃。

(二)選舉表演時的辦事員，朗讀劇中的對話。分析並討論劇本。

(三)把自己應說的話記下暗誦。

(四)分析並討論劇本。餘同第三條。

（五）試演。

（六）用音樂第一次實演。

（七）實演。

（八）同

（九）在舞臺上實演。

（十）化裝實演。

若劇本的幕次多，可以多試演幾次。

母親

一　愛菊的房間裡

（愛菊由學校回來。）

愛菊：媽媽！我回來了！

母親：回來了，今天回來得遲呢！學校裡有什麼事嗎？

愛菊：今天散課後，學校裡請一位楊先生來講演。張先生向我們說：「家裡沒有要事的，聽完講演再走。」我聽張先生這樣說，我想聽講演能夠增長知識，媽媽一定許可的，所以今天回來得遲些。媽媽！勞你擔心了！

母親：原來是這樣麼？你聽了講演，可以得著許多智識，就回來得遲些，也是不妨的。還有——今天的講演，說的是什麼？

愛菊：講演的楊先生剛從英國回來，他將英國的婦女，美國的婦女和我們中國的婦女比較，他指出許多我們應該學別人的要事。他說外國上流人的身體非常健壯，貧窮人的身體柔弱，我們中國人，恰好和他們相反，這就是不知道運動的重要的原故，還有我國人的廚房裡的汙穢，也是世界各國所無的，我們應該快些改良才好。

母親：是呀！我每日要費半天的工夫，做廚房裡的事，時時都想把廚房裡收拾得清潔些，我聽你這樣說，我倒想去買幾本研究廚房的書來看，好改良一下。其次人類最要緊的便是健康，健康是從運動得來的。你在學校裡儘管運動，譬如遠足呀，跳舞呀，打秋千呀，都要做的。

愛菊：知道了！媽媽！我幫你做廚房裡的事吧！

母親：你的算學題目都做好了麼？

愛菊：別的倒沒有什麼，只有一張圖還沒有畫好。

母親：那麼你去畫你的吧，廚房裡的事，我自己會做的。

（這時裡面的一間屋裡，有小孩的哭聲。）

愛菊：弟弟在那裡哭了，我去陪他吧！

（伊正想要走——）

母親：愛菊！圖畫在夜裡是畫不好的，會把顏色看錯，我陪著弟弟在廚房裡做事，你做你的功課吧！這時候功課就是你重要的職務啊！我去拿點心來給你吃，想來你的肚子也餓了。你一面吃一面做功課吧！

（母親說畢走出。愛菊見母親這樣愛伊，伊自語道——）

愛菊：這樣廣大的世界還有像我母親這樣好的人麼？嗳呀！（伊看桌上的鐘）已經四點半了，快點用功吧！不然就對不住媽媽了。

（伊一人自語的，雙手放在桌上，拿著筆畫圖，這時母親抱著弟弟，手裡拿著點心出來。）

母親：用功得很呢！吃些點心吧！我撿你喜歡的拿了來，快吃吧！

愛菊：是！有勞媽媽！（向母親鞠躬。）

（當愛菊行禮的時候，閉幕。）

二 素蘭的房間裡

（素蘭由學校回來。）

素蘭：媽媽！回來了！

母親：為什麼這樣晚才回來？你看，這時是幾點鐘了，學校裡兩點半鐘散學，四點鐘才走到家裡。

素蘭：今天散課後，學校請一位楊先生來講演。學校裡的先生向我們說：「家裡沒有要事的聽完講演後再走。」我聽先生這樣說，我想聽講演能夠增長智識，媽媽一定許可的。所以今天回來得遲些。媽媽！勞你擔心了！

母親：你說得好聽呢！家裡到了三點鐘，就要掃地，抹桌子，收拾廚房，你不知道麼？這樣忙的時候，你藉故在學校裡和那些朋友瞎三話四！回來扯謊，還說「想來我一定許可的」哪！

素蘭：媽媽！我沒有說謊。是先生叫我們在那裡聽講演的。

母親：學校也是好學校！把我的女兒留在校裡，耽擱了許多時候，不管我在家裡著急不著急。——你說聽講演，可聽了些什麼呢！

素蘭：楊先生說中國的婦女不喜歡運動，終日坐在家裡，把身體弄柔弱了。現在的婦女，都應該注意運動。

母親：聽這些無聊的話，有什麼用呢！古人說的「婦人主內」，主內就是說婦女應該坐往家裡，這是從前我們的先生教我的。現在的學校，把你們教成一個夜叉婆似的，真使人生氣。你聽了這些話回來，以後，不許往外面跑，如果你要去打球，打秋千，那末你別想再到學校裡讀書了。

素蘭：媽媽說的話有點不講理哪！

母親：什麼？不講理麼？一個女子只要能夠燒飯，做針線就夠了。

素蘭：說到燒飯，我記起今天楊先生說的，「我國的廚房，是很汙穢的，要快些改良。」

母親：那位楊先生也是一個古怪精，他生在中國靠中國的廚房長大的，現在他染了西洋的習氣回來，就說中國的東西不好了，還要把這些話教我的女兒，以後不用再進學校吧！（伊看桌上的鐘）哎呀！五點鐘了！快些預備做晚飯哪！小弟弟又醒了，在床上哭了，你快點把他背在背上。

（素蘭起身把小弟弟抱來，母親替伊背好。）

母親：素蘭！你先燒一壺開水，把飯碗洗乾淨，就燒飯，再洗盆裡的衣服。你做事要放伶俐些！你自己想想，年紀也不小了。

（素蘭的臉上微現不快，從書包裡拿出紙和鉛筆放在桌上。）

母親：還要做功課麼？這樣忙的時候，還有工夫麼？

素蘭：我還有一張圖畫沒有畫好。

母親：又說要畫圖畫哪！每次叫你做事，你就說要畫圖畫。畫圖畫和家裡的事比起來，哪樣要緊呢？我一年出了許多學費，就只學會唱歌、畫圖畫、跳舞。我從前只進過一年的小學校，還是一樣的嫁人，一樣的理家，燒飯，縫衣，我也不會輸給誰哪！現在的學生會做什麼？真是沒有用的蠢東西！

（素蘭聽著她的母親的話，不覺吃驚。立起身來，自語道——）

素蘭：我很羨慕我的同學愛菊，不知我的母親為什麼這樣？

母親：你說什麼？

素蘭：沒有說什麼。

（急忙走出去。）

母親：唉！無天無法的，等你爹回來，叫他不要讓你再進學校。

（這時鄰家的一個婦人出場。）

婦人：太太！對不起。我是隔壁王木匠家的，剛才我收到一封信，不知是從何處來的，當家的前天下鄉去還沒有回來，我不識字，我的父親在家裡生病，不知是否病加重了，寫信來叫我去，我心裡跳得什麼似的，請太太念給我聽一下。

母親：原來是這樣麼？我念給你聽吧！

（伊接過信來，可是看不懂，瞠著兩眼。）

母親：我沒有戴眼鏡哪！

婦人：（指桌上）眼鏡在那裡。

母親：唉！年紀老了！容易忘記。好的，我就念給你聽。我念，——唔——唔。

婦人：信上說的是什麼？

母親：寫的是什麼哪，我老眼昏花，一點也看不見。

婦人：究竟是誰寄來的，是從我家裡寄來的麼？

母親：寄信人麼？好像是你家裡寄來的吧！

婦人：你再說「好像……」快要把我急死了。不是我家裡寄來的麼？

母親：大約不是的。

婦人：說來說去我仍舊弄不明白。是家裡寄來不是，請你快點看看，我父親病重了，我好即刻回去。太太！請你快點念給我聽吧！

母親：我也是很忙的。

婦人：所以說請你快些念吧！難道你也是不識字的人和我一樣麼？

母親：你說我不識字麼？好！我也不耐煩替你念了！素蘭！素蘭！

（素蘭出場。）

素蘭：媽媽叫我麼？

母親：你來念這封信吧！本來我想念的。（指婦人）她說我的壞話，我不念了，你來念吧。

（母親把信交給素蘭。）

素蘭：這封信是自來水公司來的。

婦人：是自來水公司來的信麼？

母親：是呀！是自來水公司來的。

婦人：小姐！請你念吧！

素蘭：啟者：敝公司現改商辦，力圖革新，開支頗巨，入不敷出，不得已每戶加收水費一元，特此通告。自來水公司啟。

婦人：原來是一件不要緊的信。阿彌陀佛！幸好不是父親病重的信。小姐！謝謝你。現在你們真幸福，大家都到學校裡讀書，你這樣小小的年紀，什麼字都識，什麼信也會念，聰明得很，我很羨慕你的。像我們這種目不識丁的人，說起來只有慚愧。像這邊的太太，什麼都會；可是關於字墨的事，也和我不相上下——

母親：你說什麼？

婦人：我說我自己——好了！吵擾了！小姐！再會！

（婦人走出。）

素蘭：媽媽剛才很窘呢！額上也出汗了。

母親：（想了一會）素蘭！我明白了，我今天才知道不識字的苦處，從今晚起，你教我寫字吧！

素蘭：那麼，媽媽仍舊許我進學校嗎？

母親：當然是許可的，你好好的做功課吧！廚房裡的事我來做，小弟弟也讓我背，你畫你的圖畫。

素蘭：媽媽，勞累你了！

（素蘭向母親鞠躬，幕徐徐下。）

清明節

登場者：母親
孩子
旅行的人

布景：野外，一間茅屋的廚房裡。

開幕：母親拿出一個大碗和瓶放在桌上預備做餅子，孩子站在旁邊。

孩子：媽媽！你拿那個碗做什麼？

母親：我要用麵粉做一個大餅子，裡面還要放糖呢！你乖乖的。我做一個小的給你，我拿大餅在大鍋裡烤，你拿小餅在小鍋裡烤，好不好？

孩子：今天爹爹還在城裡沒有回來啦！

母親：今晚上我要做許多好吃的東西；和往年一樣。因為逢著清明節，就是我的紀念。我自從到這屋子裡來，不覺已是第七年了。

孩子：媽媽！你把櫥裡的碟子拿下來吧！裡面有許多花，我們拿他放在桌上。

母親：是的，我要拿下來。今天我要把屋裡收拾得乾乾淨淨，我還要拿那個大瓷瓶來放在桌上，把桌上整理好，因為七年前的今天，是我的一個大紀念呢！

孩子：什麼大紀念，媽媽！

母親：我那時是一個替人家做工的女兒，後來就被人家趕出來了。

孩子：是哪一家呢？講給我聽吧！

母親：（坐下，用手向外指。）我從前住在山的那面。是一個耕田的人的家裡，挨近金山。

孩子：金山？那不是很大的地方麼？

母親：也不很大。那年的天氣特別的冷，像今天的這樣一天，因為一點口角的事，我就被趕出來了。

孩子：後來你怎麼樣呢？

母親：我也沒有法子，只得走過許多裡的爛泥路，又在亂石的山上走，終找不著一個安身的地方。冷風吹到我的臉上，冷得發抖，鞋上也塗著爛泥。後來我就到了七鎮。

孩子：我曉得七鎮的，有一天鎮上的奶奶還從瓶裡倒出許多糖給我吃呢！

母親：那天晚上，我到了七鎮，也走過她的門前。我看見她家的門是關著的，別家的門也關著。我由窗子看進去，她的兒子和女兒們正圍著火爐坐著遊戲。那時我沒有膽子進去問她，找一個地方安身；因為我覺得害羞，所以只得一個人在夜裡亂走。

孩子：後來你就到這裡來了麼？

母親：我在黑夜裡走下山來，路又長，心裡又急，肚裡又餓，就倒在路上撞在一堆石頭上。

孩子：有一回我撞著石頭，把我的膝蓋都撞出血來了。

母親：後來就遇見了希奇的事：有一個過路的客人，向我這裡走來。他看見我，把我扶起，替我把腳上的傷處用布包好，又送了許多東西給我吃，從瓶裡倒出水來給我喝。又很親熱的問我住在哪裡。我把我的苦處告訴他。他聽了就指著這屋子說，「我帶你到那家去，他們或者收留你。」後來他就走了。

孩子：後來呢？

母親：我照著他的話走進屋裡來，看見一個男子坐在火爐邊（就是現在你叫的爹爹），臉上現出愁容，很寂寞的。後來我就永久住在這裡，我替你的爹爹料理家事。

孩子：那個人到家裡來過麼？

母親：他去的時候，曾說要再來的，後來不見他來。這幾年，我同你的爹爹，每逢清明節的時候，都坐在門外盼望他來，因為我們很感謝他。

孩子：我願意他不在夜裡來，那時我睡著了，看不見他。

母親：我很願意他來，所以每逢這一天，我總收拾屋子做了些餅子，預備客來了，有招待的東西。

孩子：你就要做餅子麼？

母親：我就要做了，不過麵粉不夠。我託了隔壁的奶奶到鎮上去替我帶麵粉來。到現在還沒有來呢！（朝外望。）我不等了，我到李奶奶那邊去借點來吧！你在屋裡好好的坐著，不要亂拿桌上的東向呀！

孩子：我同你去好嗎？

母親：不要！你好好的看著家吧！你坐在地上，把那些小柴塊劈開，劈好了，放做一堆，等我回來，好做餅子。我走了，你不要跑出門去，謹防掉在河裡，你把劈過的柴數一遍，看你能夠劈多少，我去了！（母親走出。）

孩子：（坐在地上，拿小枝的柴，放在膝上折斷。）一——！，二——三。哦！我把這棵劈做了這許多，一——，二——，三——，四，這一棵是濕的，我不要濕的。——五——，六——，有一大堆了！等我來劈那棵大的，這塊柴硬得很，我想媽媽也劈不開，只有爹爹劈得開。

（門半開，一個旅行的人走進來，他穿著破衣服，褲子上沾著泥土，赤足，沒有戴帽，手裡拿著桃花和楊柳。）

旅行的人：（走近小孩。撿起地上的柴。）給我這個，我拿這個給你。

（他看小孩劈柴，把手裡拿著的桃花和楊柳給小孩。）

孩子：這樹枝上的花真好看呀！你從哪裡拿來的？

旅行的人：我從很遠的一個花園裡摘來的。

孩子：那個花園在哪裡，你從哪裡來的呢？

旅行的人：（用手指外面。）我從山那面來的。

孩子：是從金山來的麼？

旅行的人：是的，我從金山來，讓我在這裡坐一會，休息休息。

孩子：挨我坐下吧！我們不要走到桌邊，去拿桌上的東西，拿了媽媽要生氣。媽媽要做一個大餅子呢！

旅行的人：我同你坐在地板上吧！

（他坐在地板上。）

孩子：請你講金山給我聽！

旅行的人：金山有個花園，裡面有許多花草果木。

孩子：就像這些花嗎？

旅行的人：是的，這花就是從那裡拿來的。

孩子：還有別的沒有？

旅行的人：還有各樣顏色的鳥，一年四季在樹上唱歌。花園的四圍都有很高的牆。

孩子：那麼，人從哪裡進去呢？

旅行的人：牆上有四個門：一個門是金的，一個門是銀的，一個門是水晶的，一個門是白銅的。

孩子：（撿起地上的柴塊。）真的麼？我要做一個花園，拿這些柴做牆。

旅行的人：這塊大的，可以做牆。

（他用柴架成一個方的牆。）

孩子：（拿起樹枝。）我拿這個放在中間當作樹子。我再去找別的東西來使他站著。

（他站起來看櫥裡。）

我拿不到那個，你替我把那個大瓶拿下來吧！

（旅行的人站起來，把瓶拿下來給孩子。）

旅行的人：拿下來了。

孩子：（把樹枝插在瓶裡放在牆的中間。）請你再講那個花園裡的事！

旅行的人：花園裡面還有四個水池，水清得同玻璃一樣。

孩子：請你拿那些杯子給我，那裝著花的杯子，我拿來做水池。（旅行的人拿杯子給小孩。）好了！我還要做門，請你把那個碟子拿給我，不要拿那個醜相的，我要的是頂上的那個好看的。

（旅行的人拿下來放在地上，當作四個門。）

旅行的人：做好了！你看！

孩子：這個有那花園好麼？我們要怎樣才能夠到金山去看看那個花園呢？
旅行的人：我們可以騎馬去。
孩子：可惜我們沒有馬。
旅行的人：拿這個凳子當馬吧！
（他由屋角裡拉一條凳子過來，他坐在凳子上，抱孩子坐在他的面前。）
好了！我們騎馬去吧！
（他唱歌，又教孩子歌。）

騎馬上山坡，
心中很快活，
山外有花園，
花草如綺羅。
（孩子唱。）
騎馬上山坡，
心中很快活。

（旅行的人唱。）
花園有高牆，
牆高不可入，
若無人引路，
難免要迷途。
（孩子唱。）
花園有高牆，
牆高不可入。

旅行的人：你喜歡騎這樣的馬麼？
孩子：快跑！快跑！
（旅行的人唱。）
騎馬進花園，
馬跑如春風，

園內有深泉，
泉水清且甜。

孩子：要到了！要到花園了！再唱一首吧！

旅行的人：不唱了，下馬來吧！

（門開，孩子的母親回來了。她注目旅行的人，就把她手裡的籃子往下，趕快抱起孩子。）

母親：你看這成什麼樣子！乞丐也跑到人家屋裡來了！趕快出去吧！不去我要叫人來趕了！

孩子：媽媽！不要叫他去，他不是壞人，他是好人，他和我騎馬遊戲，他會唱歌呢！

母親：讓他趕快走吧！你看！他把你的涎布也弄得這麼髒了！我今天早晨才洗乾淨的。

孩子：他抱我騎馬，他怕我跌下來，他抱住我。

母親：我沒有閒心和你說這些了！等他趕快走吧！你看！把屋裡弄得這樣

糟啊！

孩子：他疲倦了！讓他今夜在這裡休息一會吧！

旅行的人：求你讓我在這裡休息一會吧！我已經走了很多的路了。

母親：你從哪裡來的？

旅行的人：我從金山來的，我沒有地方可以休息，我在爛泥的路上走了許多時候，你看！我的腳上都塗滿紅泥了。

母親：你頂好是到鎮上去吧，市鎮離此地不遠，我家裡還有別的客要來呢！

旅行的人：請你給我一點生麵帶了走！我好久沒有吃東西了。

母親：給你麼？這樣的麵我是不輕易做，櫥裡面有些山芋給你拿去吧！難道還不滿你的意麼？有許多的人要想吃山芋還沒有呢！

旅行的人：你給我什麼，我就要什麼吧！

母親：（走到櫥邊去拿山芋，看見她的碟子和瓶不見了。）咦！我的大瓷瓶呢！還有碟子呢！我出去的時候還好好的放在裡面。

孩子：我們拿來做了一個花園，媽媽！你看那邊。

母親：我出門的時候不是叫你規規矩矩的坐著，不許亂動我的東西嗎？我下次要把你綁在椅子上！唉！我的大瓷瓶呵！這些碟子也是鎮上從來沒有的！（她拿起碟子，用布揩模。）是鋪裡的上等貨。（一個碟子忽然從手裡落在地上，打破了。）你看！你看你做的事。（她打孩子一下。）

旅行的人：不要責罵小孩！碟子是我從櫥裡拿出來給他的。

母親：你麼？誰叫你去拿？你這乞丐，混亂到人的家裡亂拿東西，你不怕送到警察局去麼？你拿這些東西做什麼？你打算拿走麼？

旅行的人：（擋著孩子的手。）我不能拒絕這樣的手叫我拿東西，就是他向我要風，我也要去尋來給他的。

母親：（拿起瓶子，把樹枝擲在地上。）趕快出去吧！這裡沒有你住的地方！

（天色漸漸黑暗。）

旅行的人：好吧！我夜裡也時時在荒山上睡過的。

母親：快走吧！

旅行的人：我要走了！我要走到那些天真爛漫的小孩們赤足走過的路上去。

（旅行的人走出去。）

孩子：他忘記拿樹枝了！

（孩子拿了樹枝，悄悄地跟著他出去。）

母親：（氣得哭了。）唉！遍地都是柴塊，櫥裡的碟子也拿下來了。（她拾起地下的柴，忽然抬起頭，不見孩子。）咦！小孩呢？跑出門外去了麼？這樣黑的夜裡，當心掉到河裡呀！（她走到門邊，大聲叫。）你到那裡去？快回來！快回來！

（孩子跑進屋裡。）

孩子：我同他走到河邊。我把樹枝還他，他說他仿佛認得媽媽！幾年前他來過家裡呢！

母親：他來過這裡麼？嗳呀，我記起他的面貌了！他是七年前在清明節救我的人呀！怎麼？我的腦筋昏了。唉！我真對不起他呀！（走到窗子邊。）這樣黑暗的夜裡，也找他不轉來了。我好悔恨呀！（她哭了。）

孩子：媽媽！不要哭了！他的面貌以後我總是記著的，媽媽！不要哭了，爹爹快要回來了！

（格雷哥利夫人原作，改作。）

魚與鵝

第一幕

景：舞臺後方垂綠色幕，或用白布繪水景。

時：晚冬。

開幕：小魚甲、乙、丙在臺上跳躍嬉戲，一會乙丙坐下，甲站著。

丙：這幾天我覺得有點不舒服，每天悶坐在家裡，要想出去又不能夠，哥哥！你也想出去玩麼？

乙：我早就想出去的，在家裡坐了幾天，我的頭也痛起來了。

甲：媽媽說過的，這樣的天氣，到外面也沒有什麼好玩，各處都結冰了，也看不見太陽和月亮。

丙：媽媽曾經向我說過：一個小孩子總應該活活潑潑的，然後才不生病；我想出去玩玩。

乙：哥哥！趕快領我們出去玩吧！

甲：我領你們去，也是無味的。水面結了冰，不能夠上去玩，也看不見太陽。

丙：哥哥！你騙我們呀！有一天晚上我不給你們知道，一個人悄悄的出去，還看見太陽光呀。

乙：不見得是太陽的光吧！

甲：從這一個月起，河面都結了冰，太陽光是看不見的，你看見的不是太陽光，那是漁人在岸邊燒的火。

乙：漁人燒火做什麼？

甲：他們燒火就是想騙我們去，拿好東西給我們吃，把我們帶走呀！媽媽前回告訴我：鄰家的小弟弟不聽話，時常一個人在外面亂跑，後來就被漁人騙去了，害得他的媽媽哭了幾天；以後不要一個人出去亂跑。就是大家一同出去的時候，也應該注意，不要疏忽才好。

丙：那麼，我們永遠坐在家裡麼？

甲：不是這樣，到了可以出去的時候，媽媽自然會叫我們去的。

乙：快要吃夜飯了，還不見媽媽回來哪！

甲：一會兒就要回來了。

（小魚們的母親上，手裡拿著東西。）

小魚同聲：媽媽回來了！我們正在念你呢！

丙：媽媽！你手裡拿的什麼？

母親：我買了許多糖果給你們。今天沒有哪個私自跑出去麼？

乙：都沒有出去。

（母親把糖果分給他們。）

甲：今天三弟說好幾天沒有出去玩，覺得頭悶，嚷著要我領他們去。因為媽媽囑咐過，不許出去亂走，所以我不曾領他們去。

母親：到底哥哥年長些，比你們懂事。這樣寒冷的冬天，出去也沒有什麼益處，不如在家裡看看書，自己運動，到還好些。到了春天，河面的冰解了，溫暖的日光，照在水面，那時你們可以自由出去游玩了。

小魚們同聲：我們願意春天快些來呀！

母親：可是我有一件事要告訴你們，無論誰都應該時常記在心裡。就是凡事要注意；比方讀書的時候不注意，就不會記得；走路不注意，就要被別人沖倒了。河面的漁人很多，還有可怕的鵝，在那裡等候，我們倘若不注意，就要被他們傷害。我說的話，你們千萬不要忘記。

小魚們同聲：我們都記著了。

母親：好呀！我們去吃夜飯吧！

第二幕

景：同前，舞臺的左方用厚紙作石岩狀。

時：春天有月亮的晚上。

開幕：母鵝和一個小鵝站在石岩邊，他們的眼睛都看著河裡，作尋覓食物的樣子。

小鵝：我的肚裡覺得有點餓了，今天午後還沒有尋著一點食物哪！

母鵝：你忍耐著吧！這條河凍了一個多月，河裡的魚都在冰的下面躲著，沒有上來。這天天氣和暖，冰也溶解了，他們都要上來的，就可以擒他們來當食物了。

小鵝：用什麼法子擒他們呢！

母鵝：你的年紀還小，自然是不懂得，讓我慢慢的告訴你：第一件要緊的事，就是注意。你看見魚游到你的旁邊來了，就趕快悄悄地捉住他，不要出聲音，一出聲音他們就逃走了。無論做什麼事，不注意是不行的。

小鵝：不注意有什麼壞處呢？

母鵝：如果不注意，我們已經到手的東西，也許要失掉的。太不注意了，我們的生命也有危險，懂得麼？

小鵝：我懂得了。等小魚們上來了，我照媽媽說的法子擒一個來。

母鵝：好的，你留心著吧！

小鵝：還不見來啦！

（小魚們隨著他們的母親同上，在舞臺的左方立著。小鵝和母鵝看見他們來了，急忙蹲著不動。）

小魚甲：今夜的月色真好看呀！照在水面像金線一樣，一年四季我頂頂喜歡春天。

小魚的母親：春天的氣候是很適宜的。冬天寒冷，我們都不出來，今天格外溫暖，所以我才領你們出來游玩。（向小魚甲說。）你要看著你的兩個弟弟，不可讓他們亂跑。

小魚甲：是的。

小魚乙：（用手指舞臺的後方。）媽媽！那邊是什麼地方？

小魚的母親：那邊是去不得的。那黑的東西，就是漁人坐的船，他們在那裡撒網，我們去了，就要被他們擒著的。

小魚丙：（用手指小鵝站立的地方。）媽媽！那邊呢？

小魚的母親：那邊也是去不得的，那是河岸，水很淺，常有白鵝和鴨子蹲在那裡，我們走過去就要變作他們的食物了。

小魚乙：可怕呀！我們不要亂動，就在這裡玩。

小魚的母親：我有點事情，要到那邊去一會，你們好好的在這裡玩，不要亂跑亂跳。如果等久了我沒有來，哥領你們去回去吧！

（小魚的母親下。）

小魚乙：這樣好的月亮，我們許久沒有見著了。

小魚丙：我們到那邊去玩玩，哥哥！你去麼？我想那邊定有好東西吃呢！

小魚甲：媽媽剛才說的話，就忘記了麼？那邊是去不得的，去了就不能回來了。

小魚丙：我想媽媽是說來嚇我們的，這時候岸上也沒有什麼人了，你們不去，我一個人去吧！

小魚乙：弟弟！去不得的，你去我要告訴媽媽。

小魚丙：我不去了！媽媽還不見回來啦！我們跳舞吧！我要跳到水面上去看看月亮。

小魚甲：留心呀！

（小魚丙和小魚乙很歡喜的跳舞。小魚甲站在旁邊）

小魚丙：跳呀！看誰跳得高些！

小魚甲：不要跳得那麼高！

（小魚丙跳得很高興，一個不注意就跳到小鵝站的地方來了。小鵝急忙向前跑兩步，把小魚捉住，往岸上拉，小魚甲和小魚乙嚇得不敢上前去。）

母鵝：要注意呀！不要讓他逃走了！

（這時小鵝不注意，忽然鬆手，小魚就逃脫了。）

小鵝：哦！

（小魚甲急忙牽著兩個弟弟逃下。）

母鵝：我剛才告訴你的，不是叫你注意麼？因為你不注意，到手的東西也失掉了。

星夜

登場者：女孩（名紋蓮，年十歲。）
紋槐（紋蓮的姐姐，年十五歲。）
母親
星女甲
星女乙
星女丙
星女丁

布景：明星燦爛的夜間，一所廣大的庭園中，有茂盛的樹木，和青草的平地。由樹木間可以看見樓窗。

（紋蓮一個人立在草地上，仰頭看著空中的星。）

（一會兒，樹木裡有伊的姐姐紋槐叫伊的聲音。）

紋槐：蓮妹！蓮妹！——

（紋槐由樹林中走出，漸漸走近紋蓮的身旁。）

紋槐：蓮妹！一個人立在這裡做什麼？回到房裡去吧！

紋蓮：我不去，我喜歡在這裡。

紋槐：你的身體不好，還是到屋裡去吧！媽媽在等你哪！

（伊用手牽紋蓮的手，紋蓮輕拂開。）

紋蓮：我不去。

紋槐：你的病還沒有好哪！在這冷風裡立著——

紋蓮：這裡比屋裡好，我在這裡看天上的星。

紋槐：（很為難的樣子。）蓮妹！立久了，受著涼，又要發熱了。媽媽焦心著呢！回去吧！

（紋蓮不出聲。看著天空。）

紋槐：蓮妹！

紋蓮：姐姐！星的光為什麼是青的，他們都發出青光呢！

紋槐：……

紋蓮：天上的星也會生病麼？

紋槐：這裡好冷呀！趕快進屋裡去吧！

（這時聽著母親在樹子背後叫伊們。）

紋槐：蓮妹！你聽！媽媽在叫了，回去吧！

（母親從林裡走出，看見伊們立在這裡）

母親：為什麼立在這裡？

紋槐：我叫蓮妹回去，伊總不聽話。

紋蓮：媽媽！我還要玩一會，我不想回去。

母親：在這裡玩久了很不好，受了涼又要發熱了。回去吧！

紋蓮：回到屋裡去，看得見天上的星麼？媽媽！你看那邊的一顆星正像大姐帶的那個指環，你看像麼？

母親：哪一顆？

（紋蓮用手指。）

紋蓮：那顆像樹葉的我看見了，我就想起大姐來了。

母親：（隔幾分鐘沒有說話。）你乖乖的快些回去吧！不要盡立在這裡了。

（紋蓮看著母親的臉。）

紋槐：蓮妹！我們回到屋裡，把窗簾捲上了，也可以看見天上的星。你看！星的光還映在我們的窗上呢！

（伊們都回頭去看。）

母親：看得見的！看得見的！把窗簾捲起就看見了。好呀！我們快點到屋裡去吧！

（伊們牽著手走進屋裡去了。）

（伊們去後，天上的星女四人由樹巔落到園裡，穿著白衣服，很美麗的。）

星女甲：剛才有一個女孩立在這裡看我們的。

星女乙：那個女孩的身體很弱，害著病呢！

星女丙：伊的面貌生得好看，我很愛伊。

星女丁：伊看見我們發出青光，伊很歡喜我們。

星女甲：我們是永遠不會生病的，今晚我們在這裡跳舞安慰伊，使伊的病快點好，你們看好麼？

星女乙：好的！我們跳吧！

星女丙：我們為伊跳舞一次。

星女丁：他將來定能和我們一樣的快活哪！

（這時有音樂的聲音，星女們跳舞，跳了一會，伊們就走進樹林裡去了。）

蜘蛛與蒼蠅

景：一間大屋裡，有兩個蒼蠅在裡面飛來飛去，大的是母蠅，小的是蠅兒。

（開幕前奏風琴，作嗡嗡之聲。母蠅與子蠅振羽飛出。表演者共四人：母蠅一，小蠅一，蜘蛛一，女僕一，母蠅由七八歲的女孩扮演，蠅兒由五六歲或七八歲的男孩扮演，蜘蛛由七八歲的身體較大的女孩扮演，女僕由十歲以上的女孩扮演。化妝須簡單，扮蜘蛛與蒼蠅的用紙紮成形似蜘蛛，或蒼蠅的帽子，戴在頭上，女僕的衣服隨意。）

母蠅小蠅：嗡嗡嗡嗡！

（風琴亦作嗡嗡之音。）

小蠅：（愉快的飛出。）好快活！已經長成這樣大了！無論什麼地方我都可以飛去。媽媽！我飛到那邊去使得麼？

母蠅：使得的。但是那邊有可怕的蜘蛛，不要讓他擒著你哪！

小蠅：蜘蛛？什麼叫蜘蛛？

母蠅：你還不知道麼？蜘蛛就是大的，可怕的怪物，他把我們擒去當作食物。他有八個眼睛，八隻腳，他的嘴可以分裂成四個，他用嘴把你咬著吞進肚裡。

小蠅：可怕呀！我到沒有蜘蛛的地方去吧！

母蠅：好的！你要留意些。你到哪裡去呢？

小蠅：各處我都想去，我想飛到各處去。媽媽！我去了！

（小蠅飛入）

母蠅：留心呀！不要讓蜘蛛擒著你呀！……我要到廚房裡去了！我聞著了一股香氣，那裡定有什麼好吃的東西。可是女僕手裡拿著蒼蠅拍子守著，我去了恐怕有危險，我還是飛到外面去吧！

（母蠅從小蠅的反對方向飛入。蜘蛛從小蠅飛入的地方出來。）

蜘蛛：這裡的兩三匹蒼蠅，不曉得飛到哪裡去了，天色晚了，我把網結起來捉幾匹蒼蠅。（用手做結網的樣子。）從這裡到那裡，我掛一根頂粗的，這邊到那邊又掛一根，成一個很大的十字形了。這就是基礎，由當中到這裡掛一根，再掛一根。（演者用手作往來的姿勢。）這面掛這一根，再掛一根，我再把四周作一個大環形。咕嚕咕嚕！（用手繞一圓形。）我的巢做好了。我坐在這裡等，等那些蒼蠅飛來。呀！來了！一匹小蒼蠅來了！

（小蠅從他方出場。）

小蠅：嗡嗡嗡嗡！

蜘蛛：來了！我叫他來這裡！蒼蠅兄！來呀！來這裡呀！

小蠅：是誰在那裡叫我？

蜘蛛：是我。你到外面來散步麼？你疲倦了。這裡有一間大屋子，我領你到裡面休息一會。

小蠅：（收起翅膀，仔細一看。）謝謝你！我還不覺得疲倦。（向舞臺外說。）他定是蜘蛛哪。

蜘蛛：這些話不用說了！請上來吧！樓上看得見美麗的風景。

小蠅：我不，謝謝你。（向外說。）他像是蜘蛛呢！

蜘蛛：快些上來呀！你的肚子餓了麼？樓上有許多好吃的東西放著。無論什麼我都請你受用，快點上來呀！

小蠅：謝謝你……（向外說。）他待人親熱得很，他這樣一說，我倒覺得肚子有點餓了，想吃東西了。不過他是蜘蛛也難說呢！可怕哪！

蜘蛛：快來呀！我請你吃好東西。

小蠅：謝謝你。你的面前掛著像網一樣的東西，我看不清楚你的臉。

蜘蛛：那麼請你再走近來一點看吧！……（他略向前進。）看見我的臉麼？（他看小蠅的臉。）一些也不錯，你有放光的，大的眼睛，你的翅膀，好美麗呀！

（他說話的聲音特別溫柔，和女人一樣。）

小蠅：（向外說。）他的聲音和女人一樣的溫柔，能夠這樣，怕不是蜘蛛吧！我再走過去一點看看。

（他走近蜘蛛的近旁站著。蜘蛛用手不停的招他。小蠅想走近幾多次，結果還是站著。這時母蠅急急忙忙的飛出。）

母蠅：可怕呀！我剛才被女僕拿拍子拍我一下，幸虧沒有拍著，好了……小蠅呢！不知又跑到什麼地方去了。我試叫他幾聲看。小蠅！嗡嗡嗡！小蠅！

（母蠅在小蠅站立的對面飛著。小蠅聽著母蠅的叫聲，回過頭來。這時女僕拿著掃帚出場。）

女僕：真討厭哪！在廚房裡沒有打著他，又飛到這裡來了。
（女僕拿著掃帚出場。）
女僕：真討厭哪！在廚房裡沒有打著他，又飛到這裡來了。
（她拿著掃帚拂動。小蠅受驚便飛，觸在蜘蛛的網上）
小蠅：嗳呀！手和腳都牽著了，跑不脫了！怎樣辦呢？
蜘蛛：你上當了！你跑不脫了！
小蠅：嗡嗡！救命呀！嗡嗡！救命呀！
女僕：嗳呀！今天早晨才掃乾淨的，現在又結著一個大蜘蛛網了。難看得很，把他掃去了吧！
蜘蛛：不得了！被女僕看見了！快逃快逃！
（蜘蛛說時，女僕拿掃帚把蛛網掃去，小蠅從網上落下，蜘蛛逃走。母蠅飛過來抱起小蠅。）
母蠅：小蠅！小蠅！你還活著麼？快點答應！
小蠅：媽媽！好怕人呀！
母蠅：這一下好了！幸得菩薩保佑，好了。

母蠅小蠅：嗡嗡嗡嗡！

（二人伴著音樂跳舞。）

女僕：又來了！又來了！討厭的東向！噓！噓！

（女僕拿著掃帚追著母蠅和小蠅入內。）

小松樹

第一天

小松樹：我恨我的樹葉。我想有金的葉子。

仙女：如果你有了金的葉子，你能夠快活麼？

小松樹：是的！我一定很快活！

仙女：小松樹！可以如你的意。趕快去睡吧！明天醒來，你就有金的葉子了！再會吧！

小松樹：謝謝你呀！親愛的仙女！再會！

第二天

小松樹：天亮了！你們看我的金葉子，真美麗！在太陽光裡好光亮呀！樹林裡的樹葉，哪個有我的好看？
盜賊：這棵小樹子為什麼發光呢！噫，葉子全是真的金子，我的運氣真好！我把金葉子完全拿走吧！
小松樹：噯呀！噯呀！我的金的葉子全被他拿去了！
老樹子：你還是要你的原來的樹葉吧！小孩子！你聽見我因為葉子的事叫過苦麼？
小松樹：倒沒有聽見。但是我希望我的葉子比別的樹子的好看，仙女來了，我請她幫助我。
仙女：你的好看的金葉子呢？
小松樹：唉！一個可恨的盜賊拿去了。我現在沒有葉子了，怎麼好呢！
仙女：我給你吧！你願意有你原來的葉子麼？
小松樹：我不願意！親愛的仙女！我要更好看的葉子，我願意要玻璃的葉子，能夠在太陽裡發光。
仙女：好的！明天你醒來，就有玻璃的葉子了！再會吧！
小松樹：親愛的仙女！再會吧！

老樹子：你有了玻璃的葉子，你能快活嗎？
小松樹：我一定快活。
老樹子：我看你不會快活的，你還是要你原來的葉子吧！
小松樹：你真傻！老樹子！等到明天早晨，請你看我的快活。

第三天

小松樹：醒來！老樹子！你看我的玻璃葉子多好看喲！在太陽裡放出的光多亮！
老樹子：真是好看，但是我頂愛我自己的綠葉子。
小松樹：這回沒有盜賊來偷了，永遠都是好看的。
老樹子：吹起風來了，我覺得上面的樹枝都搖動了。
小松樹：我也覺得。
老樹子：風大起來了，把我的頂大的樹枝都吹彎了！
小松樹：叮噹！叮噹！叮噹！哦！這可恨的風把我的樹葉都弄壞了！

老松樹：我看見仙女從那邊來了。你頂好向她要回你原來的葉子吧！

仙女：小松樹！你的玻璃樹葉呢？

小松樹：被那兇惡的風吹壞了。請你另給新的吧！

仙女：你要你原有的針葉嗎？

小松樹：不，我要又好看又大的葉子像別人的一樣。

仙女：你的葉子換成和別人的一樣，你說滿意麼？

小松樹：是的！慈善的仙女，我滿意並且快活。

仙女：可以的，你可以如願。趕快睡吧！明天起來，你就有了新葉子了。

第四天

小松樹：看我的美麗的綠葉呀又好看又放光！我真是快活！現在我的葉子，和別的樹子一般了。

老樹子：你看！那邊來了一條羊。

小松樹：它向我這邊走來了，它來做什麼呢？

老樹子：我想它要來取你的葉子？
小松樹：取我的葉子？我想因為我的葉子美麗所以它來看。
老樹子：我怕它要來吃了啊！
小松樹：來吃我的葉子麼？你說得好殘忍！羊兒！你要什麼？
羊：我要你的好看的，柔軟的綠葉子當中飯。
小松樹：好羊兒！求你不要吃我的葉子。
羊：哼！你不知道葉子是拿來給我們吃的麼？我要完全吃了，這是很好的中飯呀！
小松樹：仙女仙女！請你快點來呀！
仙女：什麼事？小松樹！
小松樹：你不見麼？我的綠葉子全沒有了！仙女！求你再給我些葉子！
仙女：我給你金葉子好麼？
小松樹：我不要，因為賊見了要偷去。
仙女：給你玻璃的葉子好麼？
小松樹：我不要，風吹了就破。

仙女：我給你大的綠的葉子好麼？

小松樹：我不要，因為羊要吃它。

仙女：那麼，你要哪一樣葉子呢？

小松樹：只有一種葉子能夠使我快活，請你把原有的針葉給我，我就滿足了。

仙女：不錯！你沒有原來的針葉，你是永不能快活的。明天早晨你醒來，就有美麗的針葉遮著你了。再會吧！

彗星篇

這本小書獻給我的愛女開志，她今年四歲了。

一九三一年五月一日

彗星

古時希臘的鄉間，有一個人名叫克麥特斯，他自幼喪了父母，是祖父扶養他長大的。他的性情極暴躁，常和鄰近的小孩們吵鬧；或者走進人家的果園裡去偷果實。他每天在山上野外閒遊，不喜歡讀書。他的祖父看他這樣非常心焦，用好言教訓他，他總不信。

有一天晚上，空中的星閃閃發光！他的祖父在院裡散步，忽然有一件像石頭的東西從上面落在他的面前，他撿起一看，是一個大蘋果。他覺得詫異，抬頭向蘋果落下的方向看去，原來是克麥特斯站在屋頂上，在星光下吃蘋果，格格的發笑。——像這樣的事，克麥特斯常時做出來。

「克麥特斯的將來，很可擔心的！」祖父皺著眉頭嘆氣。

祖父有一天將克麥特斯叫到身旁來，把向來不嘗向他說過的話告訴他：

「克麥特斯！我說的話你要好好聽著：你生下地來的時候那晚上，我在院中散步，星光照著天空，我的心中，暗暗祈禱，願你平安的出世。那時我看著天上一顆最光輝的星，看了一會，那顆星就流到別處不見了。恰好這時你就出世了。這件事我至今不嘗忘記，看見有光的流星，是不好的。你出世的時候，我就見了流星。你的命運，是不見得好的哪！但是命運這些東西也可以由我們的手製造出來。我的年紀老了，閱歷也多，所以很知道的。自己的命運，要自己的手去造，這是人類頂要緊的事業。

克麥特斯！你的命運未必好的，你要好好的努力，不然，你將來的結局是可憂的。懂得麼？克麥特斯！」

克麥特斯聽了，也沒有說什麼，只點頭一下，他的祖父所說的話他也不完全懂得，只有自己生時，祖父看見流星的事，記在腦裡覺得有趣。

因為這個緣故，他每在夜間，就去看天上的星。尤其喜歡爬到屋頂上一面吃蘋果，一面看星。有時看見流星拖著尾巴，流不見了。他笑得跳起來。他想：如果我能夠像他那樣在天空飛過，豈不好麼！

在天空飛，是很不容易的，（那個時候，還沒有人知道飛行機。）克麥特斯的心中，想從高處跳下，又從低處跳上飛到高處，雖不容易，但從高處跳下，最做得來的。他每天練習從高處跳下，又由低處跳上到山裡去玩，爬上高樹，他漸覺自己的身子變輕了。到了一年，他能夠從屋頂樹梢跳下，一點不費力。他的鄰舍們都驚異的說：「克麥特斯變小雀了。」他聽了更覺得意，不斷的練習著。

克麥特斯的名聲漸漸傳播各處。又傳到國王的耳裡，國王覺得希奇，就遣人叫他到宮裡去。

他出發的時候，祖父向他說：

「你有了一樣技能，不能說是不好，平時我見你用力練習，我始終沒有說什麼。不過我想起你的結局總令我擔心，你此次前去務要自己檢點，自己的力量做不來的，不可勉強去做，也不可有傲慢心。」

克麥特斯聽說，抱著祖父的頭哭起來了。他的祖父也流淚。他替祖父揩乾眼淚，因為自己要立志揚名，就向著京城出發。

國王見克麥特斯還是一個十五六歲的青年，格外喜歡。看了他的技能之後，更是驚異。因為克麥特斯不僅能夠跳上十尺二十尺的高處，又能從七八十尺的高處跳下，一點也不費力，跳到地上，仍然站立著，動也不動。

那個時候，盛行各種運動，國王見克麥特斯有這樣的本領非常愛他，就叫他住在宮殿裡。

克麥特斯得國王的優遇，他的名聲更大，有許多人來和他比試，但是沒有誰能比得過他。和他比試的人，大多不能夠向上飛躍，有向下跳的人，有的腰骨折斷，有的足筋挫傷了。

克麥特斯更加功練習，夜間看見天空的星，就想起他祖父告訴他的話，他想努力成名。

有一天，國王宴請各國的來賓，在宮裡舉行盛宴；叫克麥特斯到宮裡獻技。那些來賓，早已聽著克麥特斯的大名，都願意一飽眼福。

這時克麥特斯高興極了！他想這是他的好機會。

宮殿的旁殿，有一座三百尺高的塔，下面是一條大河，後面是森林。克麥特斯向國王說，到了夜間，他手裡持著火把，從塔頂上跳下。

國王和別的人都吃驚了。心想克麥特斯的本事雖大，身子雖輕，但從這三百尺高的塔上躍下，實是不容易，身體難免跌成粉碎，大家都駭怕，可是克麥特斯無論如何要顯他的本領，所以大家只得由他。

到了晚上，人聲嘈雜，人民都跑來看。國王和許多貴賓，在河岸設了席位，其餘的人圍著塔站立，看的人真是人山人海，除了塔下的隙地外，一看只見人頭攢動，在克麥特斯躍下的地上，鋪了毛毯，焚著篝火。

克麥特斯爬上塔頂，看見天空的星光，他便暗暗祈禱，記起祖父的話，他自己的命運，就要在目前決定了。於是他右手拿起火把，向四方一望，塔下的人見了，掌聲與喝采像雷鳴一般，塔上的天空，為星光映照，下面的大河彎彎曲曲流去。遠處的森林正是茂盛的時候。

他拿著火把，作跳的姿勢，塔下的聲音，頓時消滅，大家都屏息著看著他。他高提火把，向著大河那邊跳下。

這時嚇得看的人氣也不敢吐，睜著眼睛看他的影子。但是克麥特斯卻沒有落在毛毯上；他的身子好像生了翅膀，向著空中掠過火把的火光，順著他飛的方向，拖成一條尾巴，一會兒那火光就落到大河裡看不見了。這雖是很美觀的，但卻出人的意表之外，國王和看的人都茫然了。

大家的驚恐稍止，接著就是一片的嚷聲，國王下了命令，叫人乘船到河裡去找克麥特斯，接連搜索了三四天，都不見克麥特斯的蹤跡，遺留著的，只是他的名字罷了。

他的祖父得了這個消息的時候，悲傷得話也說不出，不停的拭著眼淚。

從此以後，每逢慧星出現天空，地上的人便叫道：

「克麥特斯在飛了！」

實際慧星的形狀，和克麥特斯從塔下飛到河裡的樣子相像，沒有見過慧星的人，看了這篇傳說以後，也可推測他的形狀罷！

犬與麻雀

有一匹看羊的犬，他的主人不照應他，使他時時受餓。他不能忍耐就垂頭喪氣的走出門外。正走著的時候，遇著一隻麻雀，麻雀問道：「你為什麼這樣悶悶不樂呢？」犬答道：「我的肚皮餓了，沒有吃的東西。」麻雀說：「犬兄！你和我到街上去，我請你吃東西。」說後，他們就同到街上去。走到一家肉鋪的前面，麻雀向犬說道：「你站住，我去拿一塊肉來給你。」他就飛到店裡，向四面張望，看看有人瞧見沒有。便用嘴將一塊肉啄落在地上，犬急忙銜了肉，跑到屋角去坐著吃，吃完了，麻雀又說：「我們再到別家鋪裡去拿肉；拿肉給你吃，等你飽餐一頓。」於是犬又得一塊肉吃了。這時麻雀問道：「犬兄！你飽了麼？」犬答道：「肉已經吃飽了，我還想吃麵包。」麻雀答道：「可以的，你隨我來。」他們同到麵包店去，麻雀用嘴啄一塊小的麵包，將麵包啄落下來，犬吃了一塊，還想吃第二塊。麻雀又引他到別的店裡去，吃了一塊麵包。這時麻雀問道：「你吃飽了麼？」犬答道：「吃飽了，我們同到郊外遊玩好麼？」

他們走到郊外的大路上，和暖的日光照著各處。他們走了一會，犬說道：「我疲倦了，我想睡一覺。」麻雀答道：「不用客氣請睡罷！我在那棵樹枝上等你。」於是犬就橫臥在路上。有一個馬夫，駕著馬車來了，三匹馬拉著那車子，車裡載了葡萄酒。麻雀在樹枝上看見馬車從犬睡的地方走過來，他急忙叫道：「馬夫！不要走過那裡，你不聽說，我就要對你不住了。」馬夫聽說罵道：「什麼？你對我不住麼？」他用力打馬幾鞭，貨車就從犬的身上馳過，可憐那匹犬死在車輪了。麻雀見了叫道：你殺了我的犬兄哪！好好！我要你的馬和貨車賠償。」馬夫說道：「你能把貨車和馬怎樣？」說了，打馬就跑。麻雀也不說別的就飛到貨車的篷裡，用嘴把酒罈的木塞啄去，葡萄酒就從罈裡流出，等馬夫看見有水從車上流下，細看時，罈裡的酒已經不剩一滴了，馬夫嘆道：「唉！可憐可憐！」麻雀說道：「還不夠哪！」他飛到一匹馬的頭上，把馬的一隻眼睛啄瞎了。馬夫看見，取出斧頭，向麻雀砍去，麻雀急忙飛開，斧頭就砍在馬頭上，馬倒在地上死了。馬夫又叫道：「唉！可憐可憐！」麻雀說道：「還不夠哪！」「這時馬夫駕著兩匹馬前行，他便飛到車篷下把第二罈葡萄酒的木塞啄去，葡萄酒完全流出，馬夫看見，說道：「唉！可憐可憐！」麻雀又道：「還不夠哪！」他又飛到第二匹馬的頭上，把馬的眼睛啄瞎了。馬夫大怒，毫不思索，又把斧頭砍去，麻雀飛了，斧頭又砍在馬頭上。第二匹馬又死了。馬夫嘆道：「唉！可憐可憐！」麻雀說道：「還不夠哪！」他又去啄第三匹馬的眼睛，馬夫把斧頭斫去。又斫在馬頭上，於是第三匹馬又死了。馬夫嘆道：「唉！可憐可憐！」麻雀說道：「還不夠哪！我要到你家裡去了。」說畢它飛去了。

馬夫沒有方法可使，只得將貨車留在路中，他氣忿忿的走回家去。到了家裡，對他的妻子說道：「今天遇著不幸的事：葡萄酒一滴也沒有了！三四匹馬也死了。」妻子聽說也驚異道：「有一隻可惡的麻雀飛到家裡來了，它領了許多鳥同來，把倉裡的麥子都吃完了。」馬夫聽他妻子這樣說就急忙到倉裡去看，只見有許多鳥，已經吃完了麥子，站在那裡。那隻麻雀也在其中，馬夫嘆道：「唉！可憐可憐！」麻雀說道：「還不夠哪！馬夫！我要你的命！」說完又飛走了。

馬夫看見他積蓄的糧食都沒有了，心中十分懊喪，回到房裡坐在火爐旁的椅上，氣得說也說不出來。這時那隻麻雀又到窗前來了：「馬夫！我要你的命哪！」馬夫急忙用斧頭斫去，麻雀飛開，將玻璃窗擊破，麻雀就乘間飛進屋內，站在火爐上叫道：「馬夫！我要你的命！」馬夫氣得發狂了，將火爐打壞。麻雀一時飛到桌上，一時又飛到架上。馬夫看見麻雀在哪裡。就拿斧頭向哪裡亂斫，把家中的用具都毀壞了。馬夫的妻子也來幫忙，手裡拿著一把刀，四處追麻雀，將馬夫的妻子的眼睛鬧花了。麻雀就飛到馬夫的頭上站著，馬夫的妻子見了也不管是他的丈夫的頭不是，用力斫去，馬夫被斫倒地上，麻雀從窗子逃去了。

回聲

對面有大山，山旁有茅屋，母子二人，到鄉間避暑，住在裡面。窗前有一婦人正在做手工，現出半身，伊是正誼的母親。本劇的表演者，共有三人，一母親，由十歲左右的女子表演，二正誼，由五六歲的兒童表演，三回聲，由八九歲的兒童表演，不出場，藏在山背後講話。

正誼：（很快活的跑出）呀！快活！快活！媽媽叫我做的事已經做完了好出來玩了！

（他跳來跳去的）

哈！哈！

（山的那方有回聲）

回聲：哈！哈！

（正誼聽了吃驚，做出疑惑的樣子。）

正誼：喂呀！誰呀！…………（大聲叫）是誰在那裡呀？

（山的那方，回聲照正誼的聲音回答。）

回聲：是誰在那呀？

正誼：咦！山那邊有人答應…………

（大聲叫）你是誰呀？

回聲：你是誰呀？

正誼：我麼，我名叫正誼。

回聲：我麼，我名叫正誼。

正誼：我才是正誼。

回聲：我才是正誼。

正誼：你不是正誼。

回聲：你不是正誼。

正誼：我真是正誼呀！

正誼：（發怒）你說謊！

回聲：你說謊！

正誼：你欺負我麼？
回聲：你欺負我麼？
正誼：不睬你了！
回聲：不睬你了！
正誼：壞蟲！
回聲：壞蟲！
（這時正誼的母親從窗內伸出頭來。）
母親：正誼！為什麼要罵人呀？
正誼：（要哭的聲音）媽媽山那面有個壞孩子躲著，他欺負我，我說什麼，他也學我什麼。
母親：那麼你說什麼呢？
正誼：我罵他壞蟲。
母親：這回你向他說好話，他一定也向你說好話，以後你不要罵他了。懂得麼？
（母親入內）

正誼：（向著山的那方）喂！
回聲：喂！
正誼：請你原諒我，是我不好。
回聲：請你原諒我，是我不好。
正誼：我們做好朋友吧。
回聲：我們做好朋友吧。
正誼：到這裡來呀！
回聲：到這裡來呀！
正誼：來呀！
回聲：來呀！
正誼：我不能到那裡來。
回聲：我不能到那裡來。
正誼：就在這裡談罷。
回聲：就在這裡談罷。
正誼：好麼？

回聲：好麼？

正誼：好的。

回聲：好的。

（母親又從窗內伸出來。）

母親：正誼來吃飯哪！

正誼：（向著山那方）我要去吃飯了，去了。

回聲：去了。

母親：快點來呀！

正誼：媽媽！我照著你告訴我的說了。他和我做好朋友了。

母親：你對別人好無論誰人也對你好的。以後你要留心哪！好了！快進屋裡來吧！

兩個表

離開城市很遠的村裡，有幾個富翁住在那裡。全村裡的人，總共只有兩個表。從前這村裡的人，誰也沒有表的，他們計算時刻，全靠太陽。比如太陽初升，他們知道是五六點鐘的時候；太陽正當天空，知道是正午。他們這樣的度日，也不覺得有什麼不方便。但是生長在這文明的世界裡，連表也沒有一個實在不像樣，所以村裡有一個富翁，他到城裡去的時候，就走到一家鐘店裡去買表。

富翁的心裡暗暗地自誇：現在自己拿了許多錢，去把表買來，從今天起，村裡的人有什麼集會的事或者和人家相約就全靠我這個表了。

「這個表不會走快嗎？」

他買表的時候就這樣問那鐘表店裡的夥計，夥計答道：

「決不會走快的！這不是那樣的貨物。」

「那麼我放心了！」富翁微笑著說。

「你們店裡的時間，沒有錯嗎？」富翁又問那夥計。夥計說：

「決不會錯的！我們的表是與標準時候合過的。」

富翁的心裡想：這可放心了！

他把買來的表，謹慎小心的拿回村裡。

從來沒有見過表的鄉下人都跑到富翁的家裡來。看見表面的針會動，心裡覺得奇怪。富翁又教他們看時間的方法。他們在田裡或在山裡，大家一起走路的時候都談著那個表，

這村裡還有一個富翁，他以為村裡的人，都在那一個富翁的家裡出入，心裡很不舒服。他想：我也買一表來吧！那時不怕他們不到我這裡來了。

於是他也進城去到一家鐘表店裡去買表，這家鐘表店，不是先前那個富翁買表的店，卻是另外一家。他在這裡揀選那最希奇好看的表，並且問店裡的夥計說：

「這表不會走快嗎？」夥計答道：

「決不會走快的，可以保險的。」

他又問：

「這表的時候準嗎？」夥計說：

「是與標準時候合過的。」富翁再小心的問道：

「只要上好法條就不會壞嗎？」夥計答道：

「這個表就是用幾年也不會壞的。」

他聽了，才心滿意足，心裡想：把表拿回去，他們定要跑來看的。這個表實在是非買不可的，於是他將表買回來了。

另外一個富翁，又買了一個異樣的表回來的事，傳遍全村了。果然有許多人到他家裡來。口裡只是說：

「請拿那個表給我們看看！」

富翁見他們這樣，心裡所想的事都達到了，很是得意，趕忙回答說，

「請看！請看！因為這個表的機械十分好，對於時間這一層我們可以放心了！」

這個表的樣子和那個富翁的不同，眾人都驚嘆道：

「呀！希奇得很！」大家把頭集在一起看表，稱讚不止。

但是有一件奇怪的事，就是村裡的兩個表，不知什麼原故，相差約有三十分鐘。究竟是哪個的表不準，誰也不能知道。

「這個表不會錯的曾經合過標準時候的！」一個富翁這樣說了。另外的一個

富翁也說：

「只有我這一個表是沒有錯的，因為裡面的機械是上等的，並且和城裡的表對準過的。」

他們二人都互相爭說自己的表是很準的：各不相讓。於是這村裡的人分做兩派。一派說：甲富翁的表是很準的。別一派又說：乙富翁的表決不會錯。

向來和平過日的村裡，因為這兩個表的原故，就生了兩派意見。

「今晚六點鐘集會！」這樣說過之後，一派人看乙富翁的表已經到了六點鐘，就去到會了。一派要等甲富翁的表到了六點鐘才到會，因為兩個表相差三十分鐘。到會的人總是一先、一後。先到的人，對後到的人，總是說不好聽的話。後到的人辯明說：

「我們正正六點就來了。這邊的表是不會錯的。你們的表錯了！」

「沒有這樣的事！我們的表是準的，你們的表不準！」先到會的人這樣說。

因為時間不準的原故，兩派時常有爭吵。在這時候，不知道怎樣乙富翁的表忽然壞了，每天走動的針，也停著不動了。平時將這表看做神一樣，現在什麼也沒有了，他們彷佛是在暗中過日子，不知道時候。又因為怕羞，所以也不肯到甲富翁那裡去問。

這時甲富翁一派的人，非常的得意，以為村裡只有我們這一個表，不怕他們不來附和我們了。有時村裡開會，因為甲派有表，所以由他們通知大家，比如說，今天六點鐘集會，但是乙派沒有表，不知道六點鐘是什麼時候，失約的事，也就不免，彼此都不方便。

乙派裡有人提議說：

「拿表到城裡去修整吧！」別的卻不贊成，說道：

「雖然修整了，也是無用的，因為容易壞的表，是不可信用的了。」

「那麼怎麼辦呢？」

「好的表，不知道哪裡有呢？」乙派的人，大家聚在一起談論。

乙富翁說道：

「等今年的酒做好了挑到遠一點的城市裡去賣，兌一個頂好的表回來吧！」

乙派正在議論紛紛，有一天忽然甲富翁的表壞了。他們常常自己驕傲，說自己的表是決不會壞的，不料現在也壞了。甲派有一個人說：

「表這樣的東西，總靠不住的，不到幾天功夫就壞了，不是可以信用的呀！」

另外有一個人說：

「有表無表都沒有什麼要緊。天總不會變的。」

這時甲富翁因為乙富翁的表早已壞了，大家都沒有，也不想到城裡去買一個新的表。

於是這村裡，依舊回復到從前沒有表的狀態。大家計算時候仍然仰起頭看看太陽的上下，也不覺得有什麼不自由，表是會壞的，太陽決不會壞，也不會走快走慢呀！

「什麼表也不要，只要有太陽就夠了。」大家都這樣說。此時才感激天空的太陽。到了集會的時候，村裡的人都以太陽的上下做標準。大家一致和從前一樣。因此村裡才沒有吵鬧了。

『改作』

樹葉

登場者：紅色樹葉
　　　　茶色樹葉
　　　　黃色樹葉
　　　　桃色樹葉
　　　　風神
　　　　風神的兒子
　　　　旅行者
　　　　山神

布景：背景黑色，有積雪的山峰，下以厚紙做石岩狀。

（奏琴，開幕。風神由左手跑出，他的兒子由右手跑出。在舞臺的中央，相遇微笑，然後再離開。）

風神的兒子：爹爹

風神：呀！（二人叫後，同立舞臺的中央。用唇吹聲作歌，作跳舞的樣子，從左手入場。）

（開提琴的聲音，樹葉們從左手上。紅色和茶色樹葉牽著手上，桃色樹葉和黃色樹葉跟在後面，他們是被風吹出來的。風神和他的兒子出場，追過他們的前面，入內。樹葉們分別左右站著。紅色和黃色樹葉倒臥舞臺前面，桃色和茶色樹葉躲在石岩後面，看不見，這時音樂的聲音止了，紅色樹葉和黃色樹葉起立。）

紅（紅色樹葉）：他們怎麼樣了？

黃（黃色樹葉）：怎麼樣了？

紅：可怕呀！

黃：可怕呀！

紅：不知道要吹我們到哪裡去！

黃：他們兩個到哪裡去了？

紅：試叫他們幾聲吧！

黃：叫他們吧 一！二！三！

二人同聲：喂！喂！

噯！（石岩背後回答的聲音）

紅：怎麼？躲在那裡麼？

（桃色和茶色樹葉從岩石後跳出跳舞。）

桃（桃色樹葉）：不要緊麼？

紅：快到這裡來！

黃：以後大家不要分散呀！

茶（茶色樹葉）：不錯！大家在一堆，不要離開。（在舞臺中央牽手作環形跳舞，鋼琴提琴伴奏。）

紅：跳得有趣呀！

茶：真跳得有趣呀！

（這時音樂的聲音漸漸低了，跳舞止）

紅：有你們在這裡做伴，是很快活的！

茶：我們住在樹枝上的時候，大家都是鄰舍，都是同志呢！

桃（向紅樹葉說）：你知道我嗎？
紅：自然知道！我每天總在上面看著你的。
黃：我住在他的上面，（以手指紅樹葉）我住的樹枝，比別人高得多哪！
桃：那麼，你是櫸樹嗎？
黃：不過太高的地方總是不快活的。常被大風吹，樹枝又很細。
茶：一點也不錯，我住在深谷裡的時候，因為氣候變化，常遇著很可怕的事；但是住慣了，也就不覺得什麼了。
桃：我住在樹枝上的時候，雖然可以看見四方，可是不能到什麼地方去，倘使能夠隨意到什麼地方去那才快活呢！
紅：但是借風的力量去，總不好啊！
黃：也說不到這些，你看山頂上那樣大的雲，他們不是全靠有風，才能在世界上旅行麼？
茶：不錯呀！
桃：我們此時脫離了樹枝，真覺得寂寞呢！
紅：快要下雪了，到那時我們還住在樹枝上，那樣細的樹枝，被很重的雪壓了，是要折斷的。

黃：這樣也說不定！不過樹枝雖是很細，但是很牢固。夏天刮大風下大雨的時候，只是彎幾下腰，並沒有折斷。

紅：雪和暴風雨是不同的。

茶：暴風雨雖然利害，還趕不上雪呢，你不見雪能把那樣大的石岩咬碎了麼？

茶：不是說謊的。我們所坐的地方，是一塊向前面突出的高岩，每年雪化了的時候，都一片一片的崩裂了，這是我們親眼看見的。

紅：雪真可怕呢！我的樹枝頂恨的是雪。只要被雪風吹過了。葉子就變成鮮紅的，生著氣呢！

（伸頭向前面看）

看呀！你們看我的樹枝。噯呀！和我一樣的紅葉，還有兩三片住在上面呢！

茶：看見了，我也看見了！

桃：我的樹枝也可以看見一點。

黃：我的樹枝真好看！站在那樣的高處在山腳下也看得見，由那枝上到這裡，有不少的路，我們不知不覺的都跑到這裡來了。

紅：真遠呢！現在樹枝總是默著不響的。
茶：我們不在上面，所以樹枝也不唱歌了。
桃：就是有風吹，也是靜悄悄地不響。
紅：這樣一想，就覺得悲哀。
桃：不要想這些事罷，任你怎樣想也是沒有法子的。
黃：可不是，無論怎樣想，總不能再坐在枝上說話遊戲唱歌了，只要我們的腳有一隻離開，就不能再坐在上面了。
茶：呀！我們大家從此去旅行好不好呢？
紅：但是我們到哪裡去呢！也沒有一定的地方。
黃：想去的地方，不拘哪裡都可以去的。每天都有風從各方吹來，所以起初的時候，不必決定到哪裡去。
桃：但是我覺得很寂寞，現在怎麼辦呢？快要下雪了。今天比昨天冷得多了，天氣也不好。
茶：這樣想起來，我心裡真焦急，我們到別處去好麼？不過我們到哪裡去呢？
黃：這是誰也不知道的，只有山神才知道。我們跳吧！跳跳著旅行吧。

紅：既是山神知道，我們去請他指路，不好麼？
黃：不用說這些吧！跳！
桃：跳！
同聲：跳吧！
（聞提琴的聲音，風神和他的兒子登場，樹葉和風在一起跳舞）
茶：看呀！有個異樣的人到這裡來了！
（音樂終，風父子退場）
桃：是一個強壯的人呢！
紅：那個不是神麼？
黃：不是！不是！神更要強壯些，更要好看喲？臉上更要和藹可親些。
紅：你見過神麼？
黃：雖是沒有見過，但是我聽得樹枝說過的。
茶：真有神也難說呢！
黃：真有的，我的樹枝是不說謊的。
桃：那個人漸漸走到這邊來了。快點到這裡來才好呀！

（旅行者從右手上場）

旅（旅行者）：這山上有很大的樹木，好像還沒有人到這裡來過似的。（至舞臺左側看見樹葉們。）

旅：你們是什麼人？

紅：我們是樹葉。

旅：樹葉？真是可愛的樹葉小孩！

桃：你是什麼人？為什麼到這裡來？

旅：我嗎？我是到山裡來遊玩的旅行者。我從南方來，這個地方很奇怪，天氣也變冷了，已經是冬天了。

茶：這裡是山國，冬天很早的就來了。

旅：這是我們沒有想到的。

茶：南方很遠嗎？

旅：遠呀！就是有許多海鳥飛翔的島上。

桃：島？什麼叫島？

旅：島也不知道麼？坐在這樣的深山裡，也怪不得你們，你們肯同我到南方去，就可以知道什麼叫做島了。我昨天走過一處深山，看見雪已經把落葉遮蓋了。今晚這裡也許要下雪吧！

茶：真的嗎？雪下了怎麼辦呢？

桃：我們只好不動，也像別的樹葉一樣，埋在地下罷了。

旅：不要心焦，同我一路到那南方的島上去，那裡很暖和，雪是一點也沒有的。

桃：謝謝你！你帶我們到那裡去，我們替你做什麼都可以。

茶：我也可以替你做，比如唱歌跳舞，還有你在山裡睡覺的時候，我可以替你做墊被，指引你的路途，盡力替你做事。

桃：領我去罷！我們大家都去，好麼？

黃：我不去！

紅：我也不高興去，到那不熟悉的遠地方去，我——

茶：那麼我和桃色樹葉去吧！

旅：就和我同去麼？

桃：但是沒有風來，我們是走不動的。

茶：你背我們走好麼？

旅：好的！好的！你們的身體是很輕的。（旅行者一個一個試抱他們）不要緊。你們兩人我都可以背去。（旅行者笑，走近二人旁。）放心罷！只要有我在，下雪也不要緊了。（看四方。）這裡到了冬天，樹葉全落了。南方的島上無論什麼樹木，一年內都是青的，沒有一棵會凋落的。

桃：那麼，像我們這樣迷路的小孩是沒有了的。

旅：迷路的小孩？你說得有趣呢！

（這時有音樂的聲音，樹葉們跳舞，風神父子，再出場）

旅：呀！好冷啊！大風吹來了。手足都冷得發抖了。

（從懷裡取出火柴，捉桃色和茶色樹葉。）

桃：先生！要去了嗎？

黃：既要到南邊島上去，我們再跳舞一會吧！

旅：快不要這樣，風雪就要來了。

（提琴聲漸止，微有顫抖著的連續低音。）

風神：趕快到山峰上去。

風神的兒子：由谷裡吹到山上去呀！
（二人分開，由左右下場。）
紅：雪要落到山裡來了。
黃：就要下雪了。
旅：冷呀！手足都凍了。燒火！燒火！
（擦火柴，想燒樹葉。）
桃：哎呀！你為什麼這樣？
茶：煙得很呢！
桃：好熱呀！
旅：南方的島上更熱呢！
茶：噯呀！我的身子快要燒完了。
桃：不得了！救命呀！
紅：這個人是來燒我們的，趕快逃走。
黃：不得了呀！（這時風神父子又出場。樹葉們急分散四方，跳舞，琴調很急，同下）

旅：火也息了，冷得很！我要走了！

（由左手入內，風神父子隨其後退下。樹葉們牽手同上。）

紅：那個可怕的人已經去了。

黃：恐怕跌入谷裡去了。

茶：真可怕呀！

黃：在危險的時候，幸好得救了。

茶：從此以後，大家要留心一點。

紅：不留心是不行的。

（有鋼琴的低音，風神父子從左右出場，再入。）

黃：風更大了。下雪了！下雪了！

紅：下了！下了！

茶：怎麼辦呢！沒有法子想了。

桃：我們是沒有方法想的了。

黃：我們是沒有人來救的了。

樹葉等同聲：神呀！山神呀！

（四人擺手，蹲在舞臺中央的雪飄飄而下。一會兒風的聲音沒有了。山神從左手出場。）

山神：叫我的，定是那些樹葉孩子們。

（說時走近樹葉們。奏極靜的音樂，樹葉互相倚靠著伸足而眠）

山神：他們都是很友愛的呢！快睜開眼睛！孩子們！你們是很幸福的。明年你們大家都住在這美麗的山土裡，樹根可以和你們說話，可以和你們的父親母親說話了。你們安靜地睡到那個時候吧！

（雪花飛落在樹葉們的身上，樂聲低微。）

山神：你們從朝到晚，都能夠把我裝飾得很美麗。早晨的太陽，黃昏的夕陽，發出光輝，因為有你們，使我穿的衣服，更加好看。你們今天安安穩穩的在我的胸懷裡睡吧！你們可以和清泉結交；可以變成可貴的土地把水獻給你們的父親母親。好呀！你們安安逸逸的睡吧！我抱著你們睡吧！

樹葉等同聲：我們真要感謝你呀！

演時注意

這場兒童劇是預備給十二三歲的小朋友們演的。實演的時候，舞臺上的布景很簡單，如下面的圖一樣。後面的景致，用灰色或黑色。山上的雪，可以用白的厚紙做好縫在上面。岩石也是用紙做的。

扮裝也容易，紅色樹葉穿紅的上衣，黃色樹葉穿黃的上衣，衣服用縐紙做也可以，只把頭和兩手露出就行了。不是很簡單的麼?風的父子，穿極薄水色的長衣，兩手拿著長的白綢舞動。樹葉們，戴著紅，黃，茶色，桃色的樹葉形的帽子。旅行的人穿黑衣服戴黑帽，手裡持著手杖，不必帶行李。山神穿綠色的長衣，用紅葉裝飾頭上。

跳舞和音樂可以由指導演習的人選擇劇中的跳舞，不說定要普遍的舞踏，自然的舞出更佳。當風的父子和樹葉跳舞的時候，可用麥德爾森的前奏曲。

提琴的樂譜，以幽靜為妙。可在田園舞踏曲中選適當的。「SuPerior」中第三一三九首也可以用。

山神出場時提琴可奏（「SuPerior」樂譜第三五〇五首。）

以上布景，扮裝；跳舞；音樂等項都是很要緊的，所以特地舉出來說，以便演者。但也不必拘於這個例，可以隨指導者自由布置。

熱湯和黃雀

那天的天氣很冷，走出門外，手指頭和鼻尖就要凍紅，士雄照平常一樣，清早起身，向他的媽媽行禮，身子微微的發抖，口裡說：

「媽媽！今天真冷呀！」

他的母親正在做早飯，聽他說了，便道：

「火盆裡已經燒好火了，你去烘火罷！」

士雄走到火盆邊坐下來烘手。這時屋外又颳風又下雪，地上都結冰了。母親向士雄說：

「等會兒喝了熱湯，吃了飯，身子就暖和了。」

飯做好了，士雄就坐在桌上，喝那熱騰騰的湯，吃那很香的早飯。母親見士雄吃完了飯，就對他說：

「茶已經泡好了，你喝點熱茶好嗎？」

士雄照著他母親的話，喝了茶。沒有一刻工夫，仿佛像火爐裡加了炭一般，肚裡覺得暖和了許多，他的精神也振作了。

士雄每天早晨還沒有上學校的時候，定要看看他養著的那隻黃雀，替它添食添水，從來沒有怠惰過的。

到了晚上，天氣很冷，他就把黃雀籠上的布幃放下來。一直到第二天早晨才把布幃捲起。

那天士雄也和平時一樣，捲起籠上的布幃換了籠裡的水加了一些食物，把鳥籠掛在門口的柱上。

太陽從雲裡出來的光先射在鳥籠上，因為天氣非常寒冷，黃雀依舊縮著頭，做出怕冷的樣子。從前只要太陽一出他就在籠裡跳來跳去的，或是站在籠裡的柱上，或是攀著籠頂，嘴裡啾啾的唱歌；但在今天可不是這個樣子了。

這時遠處有北風吹著的聲音，庭裡的冬青樹枝也搖動著。冷風吹到籠裡，把黃雀頭上的細毛吹得立起來了。黃雀怕冷把身子縮成一團，像毛球一樣，微微的發抖。

士雄看籠裡的水，已經凍了，他把新鮮的水換上。他想凍了的水黃雀喝了，豈不苦麼？

他忽然記起剛才他的媽媽向他說的話，心裡想道：

「也拿熱湯給黃雀喝，他的身體就會暖和，精神也就出來了。」

於是他向黃雀說：

「給你喝點熱湯吧！」

黃雀聽了，偏著頭很奇異的看那出熱氣的湯。士雄站了一會，黃雀也沒有喝一點兒。

士雄差不多要忘記進學校了。「不要遲到才好呢！」一個人自言自語的，收拾好了書包，掛在肩上去了。

士雄到了學校，和小朋友們在一起談話的時候，他把今天早晨，拿熱湯給黃雀喝的事，告訴給他們聽。

小朋友們聽了，臉上都現出奇怪的樣子。有個朋友向他說道：

「黃雀喝了湯是要死的呢！」

士雄說：

「天氣不是很冷嗎？它喝了熱湯身體可以暖和。」

另外一個小朋友說：

「拿湯給黃雀喝了，一定要死的。你沒有見過嗎，把金魚放在湯裡也要死的哪！」

士雄聽了，心想這話是不錯的，天氣無論怎樣寒冷，把金魚放在湯裡，一定是不行的。水縱然結了冰，金魚仍然是活著的！

士雄心裡越想越著急，他只怪自己做錯了事把可愛的黃雀弄死了，要想把它弄活，是不可以的了。但是自己拿湯給黃雀喝，完全不是惡意，士雄的心裡，總以為金魚和黃雀是兩樣的，很是不明白，他便跑去問他的先生。

士雄是一年級的學生，快要進二年了。他走到教員室裡，問那一年級的主任先生道：

「先生！拿湯給黃雀喝了，他不會死麼？」先生答道：

「像湯這類東西，不是給黃雀喝的啊！」

這時另外有一位先生，坐在主任先生的旁邊，這是一位和顏悅色的先生，但是因為沒有上過士雄的課，不知道他姓什麼。他聽了士雄的話，臉上露出笑容問士雄道：

「你拿湯給黃雀喝麼？為什麼要給它喝呢？」

士雄很不高興的回答道。
那位先生向著士雄的先生笑著說：「有趣呀！」士雄很不明白他說有趣是什麼意思。他的先生又說：
「小鳥和人是兩樣的，它喝了湯身體是不會暖和的哪！」士雄仍舊不明白人和小鳥有什麼兩樣。這時那位先生便向士雄說：
「小鳥是住在山谷和樹林裡的，天氣無論怎樣寒冷，他都是睡在外面，他自從產生下來，並不是用湯養長大的，所以冷天他喝冷水也不要緊。生在寒冷地方的小鳥，從小就冷慣了。不必要你這樣心焦怕他受冷呢！」
士雄聽了，點一點頭，心想這話不錯，先生又說：
「鳥和獸是不懂燒火熱水的，用火煮東西燒開水，只有人才會做哪！」
士雄這時覺得明白了，才從教員室裡走出來，但是他的心裡仍然憂悶。他想：「黃雀已經喝了熱湯不把舌頭也燙壞了麼？」倘若把舌頭燙壞了，是很苦痛的，也許已經死了。因此士雄的心裡很不快活。
士雄在上「公民」課的時候，悶坐了一點鐘，到了休息時間，他向同學克勤說：

「唉，我拿湯給黃雀喝了！」克勤聽了，睜著他的小眼睛說道：

「你拿湯給他喝了麼？」士雄又問他說：

「黃雀喝了熱湯，舌頭會燙破麼？」

「是啊！喝了熱湯舌頭也許會燙破的！」

「不會死麼？」

「要死也說不定！」

士雄聽了這些話，心覺更加不安，趕快跑進教室裡收拾書包想要回家去。這時克勤才走到他的旁邊向他說：

「士雄！你要回家去麼？」士雄說：

「是的！我要回去了！我去把籠裡的湯換上清水再來，倘若黃雀已經吃了那可不得了呢！」

克勤又睜著他那伶俐的小圓眼睛安慰士雄說：

「士雄黃雀喝了也是沒有法子的。像這樣冷的天氣，熱湯已經變成冷的了，你回到家裡也是不中用的！」

士雄想克勤的話是不錯的，也就不回家去了。

這話傳到他們先生的耳朵裡，先生就對大家說：

「克勤說的話是不錯的！他的腦筋很好。無論什麼時候，都以為湯是熱的，或是拿湯給黃雀喝，這種人的腦筋要想差些。」

這時士雄的臉變紅了，覺得害羞得很。

但是先生所說的話，也不一定是對的，到了後來，士雄終成了一位有名的學者呢！

（改作，小川未明原作）

伊利亞特篇

第一　金蘋果

古代的希臘民族，想像島上的一座俄令普斯山上，住著他們所崇拜的神祇。內中有三個女神，美麗無比，一個是神后希拉，一個是司智慧的女神雅典拉，一個是司美的女神維納司。有一天，白尼亞司王和海中的女神西達斯結婚，大宴眾神，這三位美貌的女神都已請到，惟獨忘了司仇怨的女神依利司，沒有請她。後來她自己來了，氣忿忿的，拿出一個金蘋果來，擲在桌上。蘋果上寫著幾個字，「給最美者」，眾神見了這樣美麗的金蘋果，一個個的將蘋果拿在手中把玩，笑著念那果上的字。他們想，這蘋果應該屬於哪一個呢？眾神之中，誰是最美貌的呢？大家想了一會，都覺得不便即刻將蘋果占為己有。只有三位美貌的女神，她們各人心裡想，惟有自己一人是最美的，不消說有佔有這蘋果的資格。她們雖沒有說出口來，卻早已把蘋果看做自己的東西了。可是一個蘋果怎樣能有三個主人呢，於是她們爭吵起來了。這時神父宙斯在旁，眼見她們爭奪那蘋果，覺得左右做人難，沒有法子判斷這樁公案，但又不便看著她們爭鬧下去。他想了一計，向女神們說道：「你們盡是爭執，終沒有結果，何不齊到特洛城的朴尼耶國王那裡去，請他的王子伯黎判斷呢？」三位女神聽說，想這話不錯，便帶了金蘋果，下了俄令普斯山，向著特洛國去了。

特洛王朴尼耶有幾個兒子，最美貌的算是次子伯黎。伯黎的母親懷著孕時，她夢見自己生了一根火燒著的樹枝，醒後驚異，叫了卜課的人來，命他詳夢。卜課人說：「這是不祥之兆，你生出來的兒子，將來必使特洛國滅亡。」王與后聽了這人的預言，很是擔心。後來兒子出世，他們把他交給傭人，命傭人帶去放在依達山頂上。這不知是幸呢還是不幸，他在山頂上卻沒有死，據人傳說，有一匹牝熊拿乳喂他。不久他被一個牧羊的人看見了，便帶他回到家中，看做自己的兒子，撫養起來。時光是漸漸的過去，經了許多歲月，他已長大成人了，體格是很偉壯，容貌也漂亮。他隨著一群牧羊的人看羊。他在眾人當中，就如雞群裡的白鶴一樣。他又勇而多力，時時打殺山中的強盜與野獸。大眾都極欽佩他，稱他為「亞里山大」，意思就是稱讚他為「救助人類者」。

俄令普斯的三位女神聽從宙斯的話，到依達山來請他判斷金蘋果，恰好是這個時候。那一天伯黎正在依達山上的林中牧羊，他見空中閃著一道白光，忽然有三個婦人立在他的面前。三人的旁邊，另有一個昂藏的，精神飽滿的少年，手中拿著「天使之杖」，腳跟上有羽毛。這人便是有名的神國的使者赫爾麥斯。伯黎見有這許多人忽然出現，他反驚異得瞠著兩眼，說不出話來，於是赫爾麥斯向他說道：「伯黎你莫怕，這三位女神因為爭一個蘋果，請你做審判者。這是神父宙斯的命令，請你不必顧忌，說出這三位女神，在你的心目中，誰是頂美貌的。有神父宙斯替你擔當，你快說好了。」說畢，他將金蘋果放在伯黎的面前就回身去了。這裡神后希拉搶先向伯黎說道：「我是希拉，乃俄令普斯的神后。你如果判斷我是最美者，我將給你偉大的權力與寬廣的土地。」其次雅典拉說道：「我是雅典拉，即人類的智慧與技藝的保護神。你如斷我為最美者，我將使你在世界上為最善良的人，享受無上的名譽。」最後維納司向前走上一步笑迷迷的向他說：「我是維納司，人類的美與愛，都是由我賜他們的。你如斷我是最美者，我將使世上最美貌的女子歸你所有。」

三位女神各自說出了她們的賄賂，使伯黎的腦裡昏迷，不能即時決定。隔了一會，他取了面前的金蘋果，毅然決然，送在司美的女神維納司的手裡了。維納司得了這美麗的賞品，是怎樣的快樂啊！她以高慢的眼色，看一看別的女神，這才喜笑顏開的向伯黎發誓，說她一定履行她所說的條件。希拉與雅典拉在一旁失望了，她們惱怒起來了，兩對眼睛惡意的看著伯黎。從此以後，雅典拉和希拉打定主意，和伯黎做對頭，並且和伯黎的一族人為敵，要報這場不平的仇；只有愛的女神維納司做了伯黎的保護者。

伯黎有生以來，直到如今，他很以自己的運命為滿足，一向在依達山上，幸福的過活；可是從此起，他的運命就起了變化了。不久，他忽然走下依達山，到特洛城中去。這時城裡正開著盛大的競技會。伯黎從來沒有進城去過，他想機不可失，要趁這時到競技會去顯一顯他的身手，他便到競技會去。那天的競技的結果，沒有一個是他的敵手，遂被大家承認他是國內的第一個勇士。他從國王朴尼耶的手中得了第一等的獎品。國內的人對他表示熱烈的讚詞，對於這牧羊兒極其驚異。不料人眾裡有一個預言者，他知道伯黎的來歷，向眾人說伯黎不是平常的人，他乃是國王血統的繼承者呢！眾人因此才知道牧羊兒就是伯黎。這消息傳到國王和王后的耳中，他們料想不到已死的兒子會長成這樣美而多力的少年，如今竟回國來了。他們驚喜之餘，便將伯黎出世時的不吉的預兆忘記了。他們叫他住在一起，非常愛他，命他統率國內最優的艦隊，又派遣他到希臘去做使臣。伯黎受了王命，便準備到希臘去。

自從鬧過金蘋果的公案以後，誓願保護伯黎的維納司，她想履行條約的時期已經到來了。她暗中隨護著伯黎渡過大海，到了希臘的斯巴達，被引導至國王默尼洛斯的宮廷，參見國王。王妃名叫海倫，乃是希臘全島承認的第一個美人。王與妃的情感很篤，在宮中度著幸福的歲月。不料伯黎來做了賓客之後，就起了變故了。伯黎受了國王的優遇，他在宮中逗留頗久，朝夕見著美貌的王妃海倫，他心裡暗暗讚嘆，世上竟有這樣的美人麼？於是起了惡念，想將這樣的美人作為自家的妻子。恰巧這個當兒，國王默尼洛斯因國內有事，出外旅行。乘王不在宮裡，伯黎每日以巧言勸誘王妃。王妃為他所動，便商好二人潛逃，又取了國王的許多寶物，堆在船上，向著特洛城航去了。

在旅行中的國王，得知這個消息，勃然大怒，便差人去通知他的哥哥亞格門農，說明這事的原委；同時又傳檄全島的國王，約他們一致起兵，攻伐特洛，為斯巴達復仇，奪回美人。消息傳播之後，全島上大大小小的國都以及附近的各島，都準備了人馬，專待征討特洛。他們組織了聯軍，推舉亞格門農做元帥，率了十萬大軍，一千一百八十六艘戰船，從希臘的海港出發。船隻人馬經過了大海，抵小亞細亞的海岸上陸，在海岸上打敗了特洛人的軍隊，大軍進逼特洛的都城，敵人全部退進城內，藏在堅固的城堡裡，防禦希臘的軍隊。希臘聯軍雖然勇敢，一時也無法可以攻破這座堅固的城池。他們在城外安營，將城四面包圍起來，圍了九年。

第二　亞克里斯的忿怒

希臘的聯軍離了本土遠征，他們不能不收集糧食，因此將軍隊分為兩大隊；一隊擔任戰事，一隊到附近各都市尋覓俘獲物。在特洛城的附近，有一處都市，名叫克里沙，那裡有一所阿波洛神的廟堂。希臘的軍隊走進市內去搶劫，到了廟內，把祭司的女兒克里沙斯奪了去。分配俘獲品的時候，克里沙斯同搶來的東西，為元帥亞格門農所得。祭司失了他的寶愛的女兒，心裡十分悲痛，他一心要把女兒贖了回來，取出許多黃金，馱在馬上，便到希臘的軍營裡去。他要顯示出他的身分，便在黃金杖的頭上，掛著貢獻阿波洛神的花圈，遇見了希臘軍隊，他便說：「請你放了我的女兒，收了這黃金，我為你們祝福，俄令普斯的神將使你們攻破特洛城，安然的回轉故鄉。」希臘諸將聽了他的哀求，大家的心裡都允許了他，只有元帥亞格門農不聽，並且罵他，又說等特洛城攻下來，將帶了他的女兒到牙果去，永不放還。祭司受了亞格門農的拒絕，知道無法可以和他理論，只得回去了。他一邊在海岸上走著，一邊向阿波洛神禱祝，他說：「阿波洛神啊！請你聽取我的祈禱，我曾為你造了廟堂，年年祭祀你，你如真的享受我的祭品牛與羊，求你容納我的懇求，用你的弓矢去懲罰希臘人吧！」阿波洛聽著了他的祈求，他想廟裡的祭司被人侮辱，不覺憤慨，從俄令普斯山上降下。這時他箭袋裡的箭束放出很高的聲音，在空中響著。他的姿首如夜幕似的蔽掩空際，降到地上。他用箭雨一般的射在希臘軍的陣營上，射中了犬馬，射中了士卒。從這時起，希臘的營裡起了可怕的瘟疫，牲畜兵卒死亡甚多。九天之內，大家叫苦連天。到了第十天，亞克里斯召集了一個會議；因為愛希臘人的神后希拉，命亞克里斯挽救這一場危難。眾人聚齊以後，亞克里斯立在正中，他向亞格門農敬了一禮，便開口道：「按照這樣下去，戰的戰死，病的病死，將不留一卒了，倒不如從此退兵的好，不過我們先要問問預言者，祭司，卜課的人，為什麼阿波洛神會這樣的發怒？」他說畢，有一個預言者立了起來，這人名叫佳爾克司，他得了阿波洛神的傳授，知道過去，未來，將希臘軍的船舶引進特洛海岸的人也是他，他說：「亞克里斯，你想知道阿波洛神發怒的原因麼？可是你須發誓保護我，因為我說了出來，將要觸犯一個最有權力的人。」亞克里斯即刻允許了他，於是他道：「阿波洛神的怒，並非因人違了誓願，也不是因有人懶於供奉他，乃是他的廟堂的祭司為希臘元帥亞格門農侮辱的原故。如能把祭司的女兒還了他，再送了百頭牲畜去，那麼神的心定必緩和，瘟疫也可以止住了。」說畢，亞格門農在一旁惱怒起來，他恨著佳爾克司道：「你這傢伙！你要想我送還那個女子麼？如果因為救助多數的人，非退還她不可，那麼，你必須為我尋一個代替她的人才行。」亞克里斯聽了說道：「亞格門農，搶來的物件都分配完了，哪裡還有代替品呢，你快些放了那女子，等特洛城打破以後，隨你要三倍四倍的賠償都使得的。」亞格門農聽了，搖搖他的頭，反詰亞克里斯道：「你不是有著好的俘虜麼？你何不放了你的俘虜，而要我放棄我的呢？」亞克里斯聽了這話，便大怒起來，他大聲罵道：「你這貪心，不知恥的東西，你還想居於眾人之上嗎？我們到這裡來為的是誰呢？本來我們和特洛人並無仇恨，他們也不曾盜過我們的一匹牛羊，特洛城和我們希臘隔著一個大海，我們翻山過海，不是為你和你的弟弟麼？這些事你全沒有想到，你只知道叫我們打仗，而你一人在幕裡快活。瓜分俘獲物，也是你一人占多數，我們所得極少。如今我也沒有心替你打仗了，我從此回去好了。」亞格門農也負氣道：「好，就請你滾吧！你帶你的部下去！我也用不著你了。想你這種大將，還有幾個在這裡呢！他們和你不同，都很尊敬我的，並且宙斯神父也幫助我，你的忿怒在我是毫無損傷。要我放了那女子，除非把你奪來的女子朴妮塞斯拿來作代。不，就是你不答應，我也能取她來，當著全部兵士在這裡，請你看我這元帥的威風。」亞克里斯聽他這一番話，更是忿怒，正想拔刀去殺他，忽然覺得後面有人扯他的頭髮。他回頭一看，見女神雅典拉立在後面。雅典娜是希拉差來的；諸神見兩個勇士爭吵，便叫她來安慰他。這時只有亞克里斯一個人看得見她，別的人都看不見。他回過頭去，見了女神，他眼中的怒火仍未消除。雅典拉叫他不可拔劍，並叫他允許亞格門農的無理的要求。他聽了女神的話，女神便回去了。他再向亞格門農道：「希臘的兵士被敵將赫克透殺戮的日子還在後面，那時你總會想到我的，你切莫後悔啊！」二人爭吵之後，各人就席。眾人中有一位希臘的老將尼斯透，為人善辯多智，立功很多，他出來和解，他說：「這事被敵人知道了，豈不可笑麼？亞格門農是希臘的王，亞克里斯也是希臘無雙的勇士，你們不必再爭執了。」可是他的話一點也不中用，他們都不聽從。那天的會議，因為二人的爭吵，就散會了。後來希臘的將士終於用船載了祭司的女兒克里沙斯和牲畜，派了大將俄德西押運，送到祭司的廟裡去。亞格門農一面要履行他當著大眾說出的話，他叫了兩個傳令使來，吩咐道：「你們到亞克里斯的營裡去，將朴妮塞斯奪了來。如果他不肯，你們就說我親自來取好了。」使者領了命令，走到亞克里斯的營裡。這時他正坐在船側和友人閒談，使者向他說明來意。亞克里斯聽了，便慨然向他的身旁的友人巴特洛克拉士道：「煩你走一趟，把我營裡的女子朴妮塞斯領來交給他們。」巴特洛克拉士領了女子來交給二人，使者便回去了。亞克里斯望著他們歸去，他一人立起來，在海濱閒步；既而坐在砂上，用含淚的眼睛，眺望碧色的海。他的心中悲哀極了，他舉著兩手，遙向他的母親訴苦。這時他的母親正和他父親坐在海底的洞窟中，她聽了兒子的嘆息，便從海裡走來，拉著兒子的手，問他為何哭泣。亞克里斯把亞格門農侮辱他的情形述給母親聽，並請母親到俄令普斯山上去稟告神父宙斯，竭力懇求他此後幫助特洛人，使亞格門農受罰。母親安慰他一陣，允許到宙斯那裡去，她便回轉海裡去了。從那天起，亞克里斯不再參加軍議，也不出戰，每日坐在自己的戰艦裡，忿怒未息。

第三 夢

經過了十二天，亞克里斯的母親西達司到了俄令普斯山，見了宙斯，她就為她兒子祈求。宙斯聽了她所說的情節，頗覺為難，他想了一會，說道：「我如照你的話做去，豈不是叫我和我的妻子希拉反目麼？希拉是庇護希臘人的，如今你卻叫我幫助希臘的敵人特洛，我豈不為難麼？為了你的原故，我姑且答應，只是讓我想一會吧，你來這裡是不容易的，快些回去吧！」西達司便別了宙斯，回轉海中去了。宙斯進了宮殿，召集群神歡宴，到了日暮，神們也同人類一樣去安眠了。只有宙斯因為和西達司有約，不能睡覺，他沉思了一會，自語道：「我差夢去騙亞格門農就行了。」於是他叫了「欺騙的夢」來，吩附道：「你到希臘的船舶上去，尋著亞格門農的宿處，你可告訴他說，特洛城陷落的時候到了，快些召集全部人馬，開始攻擊。」「夢」得了神父的命令，就走到希臘的陣營，悄悄地進了亞格門農的帳內，那時亞格門農正在熟睡。「夢」變做老將尼斯透的形容，立在他的枕旁，呼著亞格門農的名字，叫他趕快攻打特洛城，早立功勞。「夢」

的任務完畢，就回去了。亞格門農醒後，覺得夢中的話還在他的耳裡。他一躍起來，穿戴畢後，手中拿著希臘元帥的笏，走到船上。這時曉日已經升起了，他叫傳令的使者，召集全軍會議。諸將到齊，他將昨夜所做的夢，告訴眾人，他說：「宙斯命我趕快率領將卒攻打特洛，現在我想試探兵士們的心，故意說就將退回故國，使他們為我而戰。」他說了，老將尼斯透起立發言道：「元帥的夢既然如此，我們應該激勵眾人，叫他們努力殺才是。」其餘的將士都贊成他的話。兵卒知了這個消息，一齊到了會議的地方，喧囂得很。亞格門農手中執著笏，叫人鎮壓兵士，他向兵士們說道：「勇士們！我上了宙斯的當了，我和他約好的，使我們大勝，照如今的情形看來，他全是說假話，到了今天，他叫我們回轉希臘去，不用打仗了。試想我們這九年多在外的歲月，豈不是空費了麼？船也壞了，索也斷了，家中的妻室也在國裡盼望我們回去，可是我們什麼時候可以達到目的呢？我們再不能等待一刻了，若不即時攻破特洛城，倒不如即刻回轉故國去吧，勇士們喲！快些依從我的意見，拔錨解纜，回祖國去吧！」元帥說完這一番話，那些不知不識的兵卒頗受感動，他們的思鄉之念，如狂風吹著的海波一齊躍動起來，都贊成元帥的話，大喊一聲，各自向船奔去，將船推下砂岸，預備回國。這時神后希拉在俄令普斯山上，聽著了他們的聲音，急忙派遣女神雅典拉下山，叫她止住希臘人。雅典拉到了希臘的營陣，她看見希臘的第一個智慧的大將俄德西立在船旁深思，她就對他說道：「多智的俄德西，你果真想乘船返國嗎？你們想撇下海倫回去嗎？許多希臘的勇士，遠離故鄉，死在特洛，豈非為海倫之故麼？你們如果舍了海倫回去，特洛的國王和人民將怎樣的驕傲啊！你快些去說服他們，叫他們切莫回國。」俄德西聽了她的話，急忙脫了上衣，走到亞格門農的面前，從元帥的手中取了笏，向兵卒們坐的船走去，用溫和的態度向大家說道：「趕快停止你們的歸鄉之念，『卑怯者』這一名字在你們是不相宜的。你們不曾知道元帥的意思，他說的一番話，是他試探你們的。」兵卒們聽了，大聲吵起來。他急忙鎮壓他們，他向群眾說道：「親愛的同胞！鼓起你們的勇氣，立定你們的腳跟，讓我們試驗佳爾克斯的預言是真是假。你們還記得出發時佳爾克斯的話麼？他說我們這次出來，要打九年的仗，須等到第十年，然後才能打破這富饒的特洛城。預言者既是這樣說過，那麼，最後的日子已經不遠了，難道希臘人還不能等待特洛城陷落麼？」說到這裡，聽眾一齊歡呼起來。其次老將尼斯透又用言語鼓勵兵卒的敵愾，軍心才漸漸轉為盛旺。元帥亞格門農也向兵卒道：「我深悔我與亞克里斯的爭吵，我們理應協力對付敵人。兵士們！你們磨好刀槍，整頓你們的盾，秣你們的戰馬，修理你們的兵車，飽餐戰飯，預備打仗！如有退縮的人，留心在戰爭以後，將他去喂野犬與禿鷲。」一說畢，大眾高呼，各自散歸船中或營帳內去了。這裡亞格門農殺了一頭肥羊，祭獻於大神宙斯，招諸將聚飲。他向宙斯祈禱，助他獲勝。宴飲既畢，遂傳令全軍，向特洛城進發。希臘的兵卒，漫山遍野，齊集特洛城外的司嘉曼德洛斯河畔。武器甲冑，輝煌日光中；人馬雜遝，軍勢極雄壯。元帥亞格門農來往軍中，指揮號令，如雞群中之鶴。

第四 決鬥

特洛城中，知道希臘軍前來圍攻，便下令迎敵，以赫克透為總指揮，率軍出城，布陣於山麓。進軍時，兵卒高聲呼喊，以壯軍威，其聲如冬日的風雨襲來之前，在海上飛翔呼伴南遷的鳥群。兩軍相遇，特洛軍上衝出一個美少年，肩上掩著豹皮，背負弓矢，兩手持著雙矛。希臘軍見了這人，便知道他是特洛國王的次子伯黎。伯黎臨希臘軍陣前大呼誰敢出來，和我單騎決一個勝負。希臘軍中，惱了默尼洛斯。他見誘拐他的愛妻的人立在陣前，就如餓虎見著食物一般，從戰車上躍下。伯黎見是默尼洛斯出陣，自己情怯，返身便逃。他的哥哥赫克透見了弟弟的模樣，大怒，罵他卑怯，他道：「伯黎！看你的外表堂堂，實際你卻是一個懦怯者。像你這樣的人，何必生在世上呢？希臘人見了你這般情形，豈不笑掉牙齒？國內的武士見了，他們也將議論你吧。你既是這樣的膽怯，你何故將希臘的美女海倫帶了來呢？為你的原故，父親與市民受了你的禍，難道你還不知道嗎？你為何不同默尼洛斯一決雌雄呢？」伯黎受了赫克透的責言，他自己也知道羞愧，他說：「你的責備是很有理的。請你到希臘陣前，與默尼洛斯說，我和他二人決一個勝負，以海倫和她的一切寶物作為彩頭，誰打勝就算是他的，請你走一趟吧！」赫克透聽了大喜，他持著長槍，直向希臘軍陣衝去。希臘軍見了，紛紛射出矢石。元帥亞格門農見了，急忙止住兵卒，不可傷害敵將。他想赫克透是來商談什麼的。赫克透到了陣前，大聲叫道：「伯黎希望兩軍的兵卒把兵器放在地上，由默尼洛斯與他二人單騎決鬥，以海倫和她的寶物作為彩頭，誰勝了就歸誰享受，別的人不得動手，並且發誓作為憑據。」默尼洛斯聽了，說道：「這次的戰爭，罪在伯黎一人，我答應他的要求，可是須由老王朴尼耶出來對神發誓才行。」兩軍的士卒聽了他們的交談，大家想這次的戰事容易完結，都暗暗歡喜。赫克透差人到城內去請他的父親朴尼耶，並帶祭神的羊同來。這時美女海倫正坐在她的室內織紫色的錦，上面織出兩軍打仗的情景。女神依利司銜了伊令普斯諸神的命，來到下界，進特洛城的宮內，變做了朴尼耶王女兒的模樣，走到海倫的身旁，將兩軍戰鬥的情形，和她的丈夫與伯黎出陣的情況，詳細說給她聽。海倫聽了，觸動了她的新愁舊恨，想起了她的從前的丈夫，故鄉，爺娘。她含著眼淚，將白絹披在身上，帶了兩個侍女，走出宮外。那時老王朴尼耶，和一群臣子正在城樓上觀戰，眾人見海倫走來，都竊竊嘆道：「這樣美麗的婦人，人世間是不會有的。許多人為她冒了危難，決非無因。我們的子孫將來受怎樣的禍害，也不可知，不如早點用船送她回去的好。」老王朴尼耶見海倫走近，他和藹的對她道：「兒呵！到這裡來。坐在我的身旁，你看你的故夫，親族，友人們，都在那裡。我決不以你是一個壞人，眾人蒙了禍害，並非因為你的原故，乃是諸神的安排。你坐下來，告訴我那個雄壯的身材高大的人是誰？」海倫含羞的坐下，答道：「那是我們希臘島上最武勇的亞格門農王。我的運命使我棄了家族，離了親友，到了異邦。我仔細想來，只有一死以謝我的國人吧！」朴尼耶聽她說那人是亞格門農，頗致欽仰之意。他又指一個身材比亞格門農稍低的將官詢問海倫，海倫說：「那是俄德西。他生在多山的伊大卡島，為人足智多謀，是誰也不及的智慧者。」老王又問：「那一個頭和肩突出於眾人之中的威武的勇士是誰呢？」她答道：「他是被大家稱做希臘的要塞的愛伊亞司，他的旁邊，是衣妥梅勒斯。」二人正說時，使者已經備好了小羊二匹和酒，催促老王到陣上去參加兩軍的盟約，朴尼耶只得起身，坐上戰車，出了城外去了。

希臘軍方面，由元帥亞格門農主盟，兩軍殺羊獻酒，以祭諸神，並立盟曰：

「伯黎與默尼洛斯二人單騎決鬥，兩軍中如有破約者，天厭之！」儀式終後，老王朴尼耶急忙坐了戰車回去。因為他不忍見他的兒子和敵人用生命為賭。其次又由赫克透（特洛將）與俄德西（希臘將）二人會同擇定決鬥的地點，次決定投槍的先後。赫克透將命二人各揀一粒小石子放在青銅兜裡，搖動那兜，伯黎的一粒先跳了出來，所以決定伯黎先投槍，伯黎全身披掛，肩上懸著青銅劍和大盾，頭上戴著有馬尾纓的兜，手中持著鋒銳的槍，他先走到決鬥場。默尼洛斯的裝束和他一樣。二人站在指定的地點，怒目而視，搖動手中的槍。伯黎先用長槍擲默尼洛斯，默尼洛斯急忙用盾擋住，盾是極堅固的，伯黎的槍尖彎曲了，那槍便跳在一旁。這次輪到默尼洛斯了，他持著槍暗中默禱，祈神助他復仇，他高高的舉起長槍，向伯黎擲去，槍穿了盾，再穿了他的胸中，裂了胸衣。可是伯黎早已提防，將身子一歪，他的身體絲毫沒有受傷。默尼洛斯見這一槍沒有擲中，便拔出劍來，看定伯黎的兜上砍去，那劍砍在兜上，竟折成四段。默尼洛斯大驚，他跳上一步，攫了伯黎的兜回身便跑。兜的帶繫在伯黎頸上，被他這樣拖著，伯黎幾乎氣絕。幸好天上的女神維納司見了，在暗中切斷了兜帶，默尼洛斯的手裡只拿著兜回去。他將兜放在營裡，換了一枝槍，再回身去鬥伯黎。這時伯黎已被維納司引去，降了大霧，默尼洛斯四下尋覓，不見伯黎的蹤影，伯黎已安然的住在宮裡了。元帥亞格門農見默尼洛斯獲勝，便大聲叫道：「特洛的人們，特洛的同盟者，勝利已屬於默尼洛斯了，你們應該照約將海倫和她的一切物件送來給我們，並且須賠償我們出兵的損失。」希臘人聽了，齊聲歡呼。伯黎被女神運回宮中，睡在安樂的椅裡，海倫還在塔上，女神再去領她到伯黎的室內來。海倫見了伯黎，質問他的卑怯。她說：「你是從戰場逃回來的麼？你是否被默尼洛斯打敗了？你往日不是說過你的氣力槍法都比他好麼？你快些再去和他決一次勝負罷。」這時海倫已知伯黎不是他的丈夫的敵手了，如伯黎果然再出陣，必定被殺無疑。她想了一歇，忽然又轉過話風說道：「不，你不用再去打了，你和他打，一定要被他殺死的。」伯黎聽了她的話，柔和的答道：「海倫！今天默尼洛斯得了雅典拉的助力，所以他打勝了，幫助我的諸神，不久就將使我勝利了。」海倫沒有什麼話說，便走開了。

第五　毀約

俄令普斯山上的諸神，聚集在神父宙斯的宮殿裡，一邊飲酒，一邊俯瞰特洛的戰場，諸神的心中，各懷著他們的私見，有的想使特洛人獲勝，有的想使希臘人勝利，其中最祖護特洛人的，就是司美的女神維納司；祖護希臘人的，則為神后希拉與司智慧的女神雅典拉。神父宙斯有一點祖護特洛，可是他總想使兩方不受傷害，和平了結。這一天諸神會議，他提出他的意見，徵求諸神的意思。神后希拉第一個反對他，主張滅掉特洛，使受天罰。宙斯無奈，只得妥協，依從希拉，因此他將使特洛人破毀休戰的誓約，而叫他們繼續爭鬥。

女神雅典拉奉了她父親宙斯的命令，他如電光一般的降落到地上，搖身一變，變成特洛人的一個武士，進了特洛的營裡。她走到一個武士的身旁，這人名叫彭達洛斯，為人有勇無謀的，她對他說：「你好用你的箭去射殺默尼洛斯。你如射殺他，你的同胞豈不是大大的稱讚你的功勞麼？伯黎也十分歡喜，他必定送許多好東西到你的營帳裡來的。」彭達洛斯深信她的說話，一點也不加考慮，他就從他的弓袋裡，取由他用羊角造成的硬弓，配好了弦，又從箭壺裡取出一枝箭來，搭在弓弦上，看準了默尼洛斯的所在，拉滿了弦，放了那箭，只聽得嗖的一聲，那枝箭直向默尼洛斯的身上飛去。這時若沒有雅典拉在旁，默尼洛斯早已一命嗚呼了，可是雅典拉只要他受一點傷，不必要他的命，所以她又去護著默尼洛斯的胸前，那枝箭只穿了胸甲，受了輕傷，從傷口有黑血流出，滴在默尼洛斯的腳上。亞格門農在旁見了這情形，他拉著默尼洛斯的手道：「我很懊悔我與那無信的特洛人結了休戰的條約，如今我們不得不復仇了，我誓必滅掉特洛人。」默尼洛斯見了自己的傷，知道並不妨事，他安慰了亞格門農，叫他不必驚動大家。後來叫了長於醫術的馬克翁來，替他醫治。

從這事情發生後亞格門農便巡視希臘軍人，令大眾備戰。他不避勞苦，指揮一切。希臘軍整好了隊伍，肅靜無嘩，惟亞格門農的命令是聽。天上的神也分為兩派幫助他們，神父遣戰神麥斯下降特洛軍中，鼓勵特洛的兵卒，又叫雅典拉到希臘人的陣內暗中幫助他們。看看兩軍便要接觸了，穿著青銅鎧的武士，擎著長槍，互相搏擊，於是激烈的戰爭開始了。只聽得盾與槍衝擊的聲音，喊殺的聲音，聲如高山的溪流忽然流下千仞的穀底一般。他們的戰場是在一處平原地方，希臘的武士將矛擲出，殺了許多敵人。兩軍的主將，成對兒的厮殺。有被殺了的，又互相爭奪死者的屍首，這真是一場惡鬥了。

希臘軍漸漸獲勝，特洛軍的大將赫克透也向後退，這時立在特洛城上的阿波洛神見了這情況，他大聲責備特洛人的卑怯，特洛的軍心為他所鼓動，才再接再厲向希臘人進攻。這一場戰鬥，雙方的勇士死亡了不少。女神雅典拉親臨希臘軍中，助希臘的將士作戰，特洛軍勢漸不支，便向後退，希臘軍乘勝追擊，勇士德俄麥底斯單騎追殺，馳過特洛的平原，深入了敵境。特洛軍中的弓手彭達洛斯在陣上遙見德俄麥底斯的驍勇，不覺大怒，他取了弓箭在手，瞄準了德俄麥底斯射去，弓弦響處，箭射中了德俄麥底斯的右肩，血染鎧上。彭達洛斯見射中了敵將，他大呼特洛軍前進，剛勇的德俄麥底斯雖是負了傷，他仍不稍挫，跳下了戰車，叫車夫將箭拔出。車夫拔了箭，鮮血如泉一般從傷口迸流出來。他向神祈求誓必撲殺射傷他的敵人。女神雅典拉聽了他的祈禱，便來為他醫治創口。他的傷治癒後，他又返身向敵陣追殺。

這時特洛的將官耶勒亞斯，見了他殺來，便叫彭達洛斯放箭。彭達洛斯見敵將雖中箭而未傷，他大大的吃驚，便不再射了。於是二人坐上戰車，耶勒亞斯拉著馬韁，彭達洛斯執著槍，向著德俄麥底斯馳去。德俄麥底斯的車夫見了，忙叫他留意，說時，敵人已到面前。彭達洛斯擎著長槍，向他直刺，這一槍刺穿了他的盾，中了他的胸中，卻未受傷。德俄麥底斯乘這當兒，把槍擲去，不料正中彭達洛斯的鼻上，貫穿了咽喉，便翻身滾下車來。耶勒亞司見友人已死，要奪回屍首，他跳下戰車，護著彭達洛斯的屍身，德俄麥底斯不慌不忙，舉起一塊大石頭，朝著耶勒亞司的腰部擲去，他的腰部的骨便被擊碎了。女神維納司見了特洛將官所受的危險，從天降下，抱起耶勒亞司，把他救出戰場。德俄麥底斯見有人來救，提槍在女神的後面追趕，看看追近，他用槍向女神刺去，刺穿了女神的衣，傷了她的手，她噯呀一聲，耶勒亞司就從她腕中落下來。阿波洛神見了又來幫助，降了大霧，再救起耶勒亞司。不料德俄麥底斯仍不肯舍，緊緊追隨阿波洛神的後面。阿波洛神怒目叱他，他才退回。耶勒亞司被神救到神殿，得神療治，他的傷不久便好了。他在神殿時，遇見戰神麥斯，便告訴他說：德俄麥底斯傷了女神維納司。麥斯聽了大怒，下降到特洛軍中，幫助他們與希臘軍戰鬥。特洛軍中最勇敢的大將赫克透得了戰神的鼓勵，持著長槍，專待廝殺。希臘方面的大將愛伊亞司，俄德西，德俄麥底斯諸將也布好陣勢，等敵人到來，大打一場。特洛軍由赫克透與戰神麥斯出馬，直向希臘軍走來。希臘軍見了赫克透與戰神，兵卒都不敢迎戰，將官也畏縮不前。

神后希拉與雅典拉在天上見了這情景，便乘著戰車到地上來，走進希臘軍中。希拉變為司登妥耳的樣子，大聲向希臘軍道：「可恥的希臘人喲！從前亞克里斯在這裡時，特洛人不敢出城外一步，如今特洛人竟打到你們的船上來了。」雅典拉走近德俄麥底斯的身旁，撫視他的傷痕，說道：「德俄麥底斯呀！你是一個不類你父親的懦夫，你的父親的身體雖小，他卻是勇敢的戰士。我這樣的守護著你，你怎的不奮力殺敵，到底你是疲乏了呢，或是怯懦了呢，你為什麼萎靡不前？你不像一個宙斯的兒子啦！」德俄麥底斯聽了答道：「女神喲！我沒有疲乏，也不是怯懦，只因為指揮特洛戰爭的，是戰神麥斯，對於這不死的神，我們人類有什麼力量呢？因此我率領兵卒後退了。」女神又道：「戰神或什麼神都不足恐懼的，只要有我來幫助你們就行了。你快些乘上戰車，用槍去擲麥斯吧。他本來和我約好，幫助希臘的，如今他違約了。」女神說畢，她同德俄麥底斯跳上戰車，鞭著馬向敵人馳去。

麥斯見敵人來了，便踢開足旁的死屍，向前直衝，舉起手中的槍，向德俄麥底斯擲去。女神見槍飛來，便用手一擋，那槍便斜開了。德俄麥底斯見機不可失，乘機把自己的槍向麥斯擲去，又得女神的暗助，那槍不偏不斜，正中麥斯脅下，刺穿了甲帶，麥斯大叫一聲，便向空中逃走。他叫的聲音如萬軍叫囂，使眾人的身體顫抖起來。當他上升時，空中也布著黑霧，他逃向俄令普斯山去了。

第六　泣別

麥斯被德俄麥底斯擊退以後，希臘的軍威復盛，諸將奮勇和敵人大戰，特洛人死亡枕藉。大將赫克透見自己的軍士不利，他便下了戰車，向兵卒說道：「我進城內去請城中的長老們祈神，你們須在此力戰。」他從司克亞門進城，走進城內，他見許多婦女立在大槲樹下。她們見他來了，爭先走過來，問她們的丈夫兒子的消息。赫克透怕引起她們的悲痛，故意不答，只叫她們祈禱。他自己走進他父親的宮殿裡，宮裡原有皇子們居住的屋子五十間，公主們住的樓屋十二座，鱗比的排列著。他的母親和他的妹妹出來迎他，她向他道：「兒呀！你為什麼從戰場回來呢？是不是敵人太勇，所以你回來祈禱宙斯？我去拿了蜜酒來，你獻神之後，飲了下去，你的乏就可以恢復了。」赫克透答道：「母親！請你不必如此，你到雅典拉的廟殿去，祈她阻止德俄麥底斯，勿使他近我們的城池，我們願拿十二隻小羊祭獻她。我此時要去尋伯黎，帶他到戰場去，他是我們的禍種。」母親走進宮內，立刻召集了城內的婦女，再從她美麗的衣裳中，揀出了最美的一襲，她率領眾人到雅典拉的廟裡，把那襲最美的衣服放在女神的膝上，大家誠心祈禱。這時赫克透提著長槍，走到伯黎住的地方去，見伯黎正在室內玩弄他的弓盾鎧甲之類，旁有美麗的海倫與侍女坐著。他見了便責備伯黎道：「大家正為你捨命而戰，你卻在此偷安，這是偷安的時候麼？」伯黎答道：「你的話是不錯的，我也覺得不安，我現在正受我的妻子的激勵，請你讓我穿上鎧甲，你先走一步，我隨後就來。」赫克透聽了，也不說什麼，海倫卻安慰赫克透道：「我是如一條犬一般可厭的女子；我們所做的愚笨的事，使你憂心，我也是知道的，但這是運命註定，無可如何的了。」赫克透答道：「我不能再留在這裡了，眾人都在戰場上伸著頸子等我，我就要去看我的妻和子，我不知此次別後，還能和他們相見不呢！」赫克透說完，回身便走。他的妻子安杜洛默克在家中得了國人打敗的消息，憂心他的丈夫，便將自己的愛兒叫乳母抱著，走到城壁的塔上，去眺望征夫。恰巧這時赫克透回轉家中，不見他的妻子。他問侍女，知道妻在城壁上，急忙起來。將近司克亞城門時，妻子安杜洛默克一眼先瞧看他，便跑了下來，乳母抱著愛兒隨在後面。赫克透見了他的愛兒，才展開了笑顏。安杜洛默克到了丈夫的身旁，拉著丈夫的手，泣著道：「赫克透喲！請你在我和兒子的身上想一想吧！我若離了你，我活在人世做什麼呢？我是沒有父母的人，雖有七個弟兄，可是他們都被亞克里斯殺死了。我所有的，就只是你一人了。你如憐惜我，請你在決戰之前，留在這塔上，防守這城池，不要離開我。」一赫克透答道：「我不能這樣想的，我如果學懦夫般的臨陣退縮，還有什麼面目對特洛的男女們呢？直到如今，我始終身先士卒，為的是不汙我的和父親的名聲。可是，我早已知道神聖的特洛和父親的百姓被滅卻的時候到了。我一想到有這一天，使我的胸中悲憤擔憂的，不是特洛或民眾，也不是父母或弟兄，只是在最後的一天，加到你身上的恥辱。到了那時，狂暴的希臘人，終要拉著哭哭泣泣的你，帶回希臘去吧！難免叫你在牙果城，和奴隸一起織布汲水的。他們呢，指著為勞役啜泣的你，說道，『看呀！這是特洛勇士赫克透的妻子。』真的到了這一天，你叫我在九泉下如何能夠安眠呢！」一說畢，他伸手去抱起愛兒。孩子見他穿著奇怪的戎裝，頭上戴著有毛的金盔，駭得不敢近他，反向乳母的懷中躲避。夫妻見了，不覺破涕為笑。赫克透將盔取下，放在地上，他抱著愛兒，吻他，又祈宙斯降福，使孩子將來成為一個比父親勇壯的武士。一會兒，他將孩子交給妻子，妻子含著眼淚，笑著接了過來，抱在懷裡。赫克透撫摩妻子的背向她道：「你切莫過悲，人間的命運，從生時就註定了的，懦夫與勇者，一樣的不能逃離運命之手。你回去織你的布，率領家人料理家事要緊。我生來是一個特洛的男子，我要像一個真正的特洛人，在戰場上去努力。」他說後，在地上拿取盔，便要走了。妻子含著眼淚，看著他的丈夫，她走一步，又回頭來看他，不忍分別，在她的心中，想這次是最後的離別了。

在赫克透的後面，伯黎趕著來了。他穿著漂亮的青銅鎧甲，在日光裡炫耀，騎在駿馬上，得意的微笑。弟兄二人會合後，便出司克亞城門去了。

第七　赫克透大戰愛伊亞司

在特洛城外的希臘軍，看見赫克透同伯黎來了，他們如在海上的疲乏的水手，得了順風一般的喜悅，提起了精神，向著敵人進攻。女神雅典拉在俄令普斯山上，遙見這樣子，她便向著特洛城走來。袒護特洛的阿波洛神見女神去了，他便跟在後面，隨著她走。不料走到特洛城外，在老槲樹之旁遇著了。阿波洛向女神道：「今天叫兩軍停止大戰，以後再叫他們決最後的勝負，不知你的意下如何？」雅典拉也贊成這話，二人商量好，先使赫克透向希臘軍挑戰，單騎決鬥，消磨時間，遣了一個預言者，叫他傳話給赫克透。赫克透是一個好勝的人，他聽了神吩咐他單騎與敵人決鬥，便大聲向希臘人挑戰，並且附著條件。如果他輸了，他身上著的鎧甲，可由敵人取去，屍身則由自己的人取回；如果是他勝了，也是一樣的處理。希臘軍對於他的挑戰，一時還沒有人敢答應，因為知道他是特洛將中最驍勇的，大家都有點兒怯懼他，竟無一人應聲迎敵。這時惱了默尼洛斯，他罵眾人道：「你們都變了女人嗎？沒有一個敢和赫克透對打的麼？讓我出馬好了。」一說時，穿好了鎧甲，便要出陣，亞格門農在旁見了，止住他道：「你不是發狂麼？那有名的赫克透，就是亞克里斯也不敢輕易和他交鋒，你豈是他的對手麼？你且坐下來，我們將中沒有他的敵手，這怎麼好呢！」默尼洛斯聽了，只得坐下。老將尼斯透起立發言道：道：「如果我年紀青一些，從前的氣力還殘留著，那麼我馬上和赫克透交鋒，你們都是年青人，為什麼不敢和他決一個勝負呢？」他用了這激將的方法，亞格門農和其餘的九個大將，都一齊立起來，大呼要同赫克透爭一個你死我活。於是尼斯透想出一個辦法，由九個人拈鬮，決定一個出戰，結果拈著了綽號城門的大漢愛伊亞司。於是希臘軍都舉手祈神，以求勝利。愛伊亞司全身披掛，微笑著擎了長槍，大踏步而出。希臘軍見大漢出陣，莫不面有喜色。特洛軍見希臘軍中走出一條大漢，手持七重牛皮製成的，再加青銅板的巨盾，像一座塔一般的走了來，委實有一點威風，連赫克透也覺得驚異。愛伊亞司來到赫克透的面前，發出巨雷般的聲音道：「赫克透，亞克里斯同元帥亞格門農鬥嘴，他不能出陣，所以我來了，叫你看看我們希臘軍的勇士，好，請了吧！」赫克透聽了他的大言，答道：「愛伊亞司，你不要說出這些不懂戰術的，像婦人孺子般的話吧，殺人是我的本色，可是我也不想出你的不意而殺你，我們堂堂正正的廝殺吧。」一說完，搖動他手中的長槍，朝著愛伊亞司擲去。那槍穿過了盾上的六張牛皮，止在第七張上。愛伊亞司乘勢把槍向赫克透刺去，刺穿了胸甲，被赫克透一讓，那槍尖便向斜刺裡去了。二人再換槍交戰，猛如獅子，狂暴如野豬，一來一往，殺個不止。赫克透一槍向愛伊亞司刺去，正中盾上，槍尖折彎了，沒有刺穿。愛伊亞司卻用盡平生氣力，一槍刺了過去，穿過赫克透的盾，傷了他頸上的筋，黑血從創口流出；可是赫克透毫不畏懼，他曲了一足，在地上拾起一塊大石頭，向敵人擲去，正中愛伊亞司盾上，發自很大的響聲。愛伊亞司也取石在手，向赫克透投去，將盾衝破，傷了他的膝，往後便倒。可是，無巧不成書，天上的阿波洛神見赫克透敗了，便來助他一臂之力，不然，他早已被愛伊亞司一刀殺死了。赫克透翻身起來，拔出寶劍，向愛伊亞司砍來，愛伊亞司不敢怠慢，也拔劍相迎，大戰一場。直到天晚，兩軍傳命收兵，二人才罷戰。赫克透向愛伊亞司道：「我們以敵人而戰，如今應以友誼作別。」他拿裝飾著白銀的寶劍贈愛伊亞司，愛伊亞司也解了身上的美麗的紫色帶送給他，二人才各自回營去了。

那一夜，亞格門農的營中，殺牛祭神，集諸將宴飲，祝賀愛伊亞司。席次，老將尼斯透提議把戰死的兵卒的屍身收集起來，在河邊火葬，眾人都贊成他的意思。這時特洛人也在他們的城中會議，在會議席上，智慧者安特洛耳起立發言，主張履行兩軍的誓約，把海倫同她的財寶送還希臘人。但是伯黎堅決反對，不允送還海倫，只允送還財寶並賠償，因此安特洛耳的建議沒有採用。他們遣派使者到希臘軍中，將伯黎的意思說明，並請停戰，以便收葬死者，當使者到希臘營中時，元帥亞格門農便召諸將商議，俄德西陳明特洛人已到山窮水盡的時期了，不惟不願收伯黎的賠償，就是海倫也不收受。諸將都贊成俄德西的話，只容納休戰的條件，使者便回去了。

日光從海面上升，照著特洛的原野，只見戰場上殘留的鮮血與死骸，觸目都是。兩軍的勇士，揮著熱淚，將同袍的遺骸裝在車上，各自運回。在希臘人陣旁，火葬的煙上升空際。大家俟火葬完畢，他們運了土來，築成一座小丘，又順便築了高壘，掘了深壕，工作完後，日已西沉，希臘人在營帳裡，殺牛開宴。同時，特洛人也在城中歡酌。當兩軍快樂時，宙斯在空中放了雷電，轟轟的聲音，暗示著未來的災難。

第八　平原之戰

翌日，曙光初染著東方的空際，大神宙斯在俄令普斯山巔，召集諸神，嚴厲對他們說：「從今天起，不許你們再去幫助哪一方，如有不聽我的話的，擅離此地，我便放了雷電，叫他不得歸位；或者打下九幽地獄。」他說畢，便乘了戰車，鞭著有黃金鬃毛的兩頭駿馬，像風掣般的在天地間驅馳。到了伊達山巔，可以俯瞰特洛的平原，他便下了戰車，立在山頂，觀察戰場的情況。這時兩軍正在進兵，在城外的平原相遇。於是互相廝殺，只聽得鎧甲相撞聲，槍矛搏擊聲；盾相衝突聲，喊殺的聲音動天撼地。兩軍的勇士死亡很多，屍骸遍野。到了正午，宙斯從山上放了電光，直射希臘陣營，希臘軍大亂，自相踐踏，大敗而退，連元帥亞格門農與愛伊亞司也不能支持，老將尼斯透被伯黎一箭，射中了他的坐騎，便翻身落下，敵將赫克透見了，要想過來結果他的老命。德俄麥底斯見情勢危殆，便飛馬趕來，叫他的父親急忙上他的戰車，好使他迎敵。尼斯透坐上戰車，拉著馬轠，鞭打拉車的馬，那馬衝到敵人的車旁，德俄麥底斯乘勢舉槍看準赫克透擲去，不料槍偏了一點，中了赫克透的車夫，赫克透便逃去了。德俄麥底斯正想乘勢追殺，被宙斯在山上看見了，便用他的雷電射到德俄麥底斯的車前，可怕的聲響與刺目的光，使德俄麥底斯不能前進，只好退卻。特洛軍見他後退，又乘勢舉槍來追，赫克透大罵德俄麥底斯是一個懦夫，敗逃的無恥者。德俄麥底斯聽了大怒，三次勒馬回頭，都被宙斯鳴雷止住。赫克透見大神宙斯幫助他，愈加得勢，大呼攻破敵壘，焚燒他們的船舶。希臘軍見特洛人追來，便逃進堡內。特洛人越過戰壕，正要放火燒希臘軍的船，神后希拉在俄令普斯山上見了，她悄悄地使弄法術，激勵亞格門農，亞格門農率諸將進攻，軍氣復振。軍中有名的弓手臺克洛斯隱身在愛伊亞司的盾後，射殺了敵將十人，後被赫克透用石擲斃。宙斯見特洛軍不利，他又鼓舞他們的勇氣，希臘漸漸不支，被迫入壘中。時日已西斜，黑夜漸籠罩特洛原野，赫克透率領部下，駐紮在杉妥司河畔，又在城下燒起篝火，以防敵人，一面計畫明日攻擊敵人的船舶。

第九　召還亞克里斯

特洛人的軍士坐在火旁以待天明時，希臘軍中正集諸將會議，那天的敗北，使眾人的志氣受了挫折。亞格門農向眾人說大神宙斯背約幫助特洛人，希臘軍終難取勝，不如班師返國。諸將聽說，瞠目無言，只有德俄麥底斯道：「元帥啊！你從前當著眾人之前，罵我做懦夫，我是否懦夫，希臘人總知道的。你如想班師，請你回去好了，我是要和特洛人決鬥到底的。」兵卒聽了他的話，大聲喝采。老將尼斯透起立，用言語安慰德俄麥底斯；並遣兵在壘外防守，以免敵人夜襲，一面令人備酒宴飲。宴畢，尼斯透向亞格門農道：「今天我們打敗，禍根已伏在亞克里斯忿怒離開我們之時，那時我雖然勸你，你全不容納，如今特洛軍勢強盛，非召還亞克里斯，不能取勝，不知你的意下如何？」亞格門農答道：「誠如你所說的，從前我真是太愚笨了。我知道大神宙斯是很愛亞克里斯的，宙斯想成亞克里斯的名，所以他故意叫希臘打敗仗，我後悔我的過失，我們應即時請他回來。」於是大家議好賠償亞克里斯的損失，把從前亞格門農從他那裡奪來的女子朴妮塞斯送還他，另外將他們在勒司波俘來的七個美人，十二匹駿馬，十達倫的黃金作為賠償，又許他在打破特洛人之後，隨他在戰利品中選擇黃金，美人，回轉希臘後，亞格門農以女兒嫁給他為妻，贈他七個城池。一面尼斯透選好三個使者：一個是非立克，一個是愛伊亞司，一個是俄德西，前去召他回來。非立克是亞克里斯幼時的師傅，教導他的武器。他們要使亞克里斯的心和緩，所以用這位老人去說他，再令勇士愛伊亞司與智慧者俄德西輔佐他。他們三人由兩個傳令兵引導，向亞克里斯的船行去。那時亞克里斯在船裡彈奏豎琴，安閒的歌著古武士的歌，他的旁邊，坐著他的好友巴特洛克拉士，也在聽他唱歌。三個使者到了那裡，俄德西走在前面，二人隨著走進船內，亞克里斯等見他進來，都驚喜起立，攜著來客的手，請他坐在長椅上，命人設宴款待。酒肉安排已畢，亞克里斯舉酒屬客，痛飲飽食。俄德西舉酒祝亞克里斯之後，說道：「我們雖是在此飲酒，可是心裡不能不想到我們的破滅，除非得你的幫助，我們的船舶不能保了。你看，如今敵人已近我們船邊，他們升著火以待天明，並且宙斯又用電光幫助他們，赫克透到了天亮，便要燒我們的船，殺了我們，我們焦急萬分，所以特地來請你幫助。亞格門農答應送還朴妮塞斯，還有許多贈物賠償你的損失。」他再將亞格門農允許他的贈品與條件，一種一種的數出，意在打動他的心意，誰知亞克里斯的心一點也不動，他答道：「俄德西！他們說的話我全不要聽，我不是為大眾攻城奪寨麼？亞格門農不惟把一切的俘獲品奪了去，連我的女人也要侵佔。你試想究竟我們為什麼和特洛人打呢？亞格門農他們弟兄二人，召集希臘軍到這裡來，為的什麼呢？豈不是為那美貌的海倫麼？一切的人類中，難道只有他們弟兄有愛自己的妻子的權利，而別人家的妻子，便可任意奪取的麼？如今即使要我緘默我也有所不能了，我已經知道他的心，我已被他騙過一次，已經夠受的了，第二次我是再也不去上他的當。即令他再加上十倍二十倍的贈品，焉能動我亞克里斯的心，亞格門農的女兒任是怎樣美貌，我亞克里斯怎能有福消受？我決不想與他共事，俄德西君，請你回去和他商量免難的方法吧。昔日我在軍中的時候，赫克透從來不敢到城外來打過一次，如今他們深溝高壘，怎麼還不能制服赫克透呢？我已沒有和赫克透敵對的念頭了，明天我就要乘船回故鄉了。任是財寶堆積如山，怎能調換人的生命呢？我母親西達司對我說，在此爭戰雖可得不朽的令名，可是不能生還祖國。所以我不得不捨棄名譽，而享受我的有限的生命，我已認定生命比名譽重了。請你回去把我的話告訴他們，請他們另想別的良策。非立克！請你留在我的船上，明天一同回轉故鄉。」俄德西聽了這一番話，啞口無言。非立克在旁老淚縱橫，把從前受亞克里斯父親的恩情，以及教育他的舊懷，傾吐出來，希冀止住亞克里斯的怒氣，可是也無用。愛伊亞司最後向俄德西說道：「俄德西，我們回去吧，我們此行是沒有結果的了，快些回去告知那些等待消息的人吧。亞克里斯！你真是一個忍心漢呀，你只顧負氣，卻不念我們的情誼了。」亞克里斯聽說，答道：「愛伊亞司，你雖如此說，可是我一想起亞格門農在人眾中侮辱我的情形，我的胸都要裂開了。請你回去告訴他們，赫克透打到他們的營帳外，焚燒了船舶，我不來管賬；如果他打到我的營外，接近我的船舶，我決不和他甘休。」俄德西和愛伊亞司的計策已窮，只得哭喪著臉去了。亞格門農和諸將聽了他們的報告，大家擔憂，是不消說的。勇士德俄麥底斯見亞克里斯不肯來，大怒，他對大家說：「我們卑詞去請他，反增高他的傲慢，不管他來與不來，總之，我們是要打仗的，我們快些果腹，準備天色放曉，便要出戰！」眾人為他的勇敢所鼓勵，軍心大振，各自回到帳內準備翌日的決戰。

第十　希臘軍大敗

曙光的女神將東方染成薔薇色時，亞格門農便率領全軍，出了堡外。特洛軍也依城外的小山布陣，兩軍相遇，戰鬥開始，互相殺戮，好像割倒田裡的麥束，打到正午，希臘軍中，躍出大將德俄麥底斯，俄德西，愛伊亞司，默尼洛斯，亞格門農諸人，突破敵人的陣線，特洛軍亂，向後敗走。希臘軍乘勝追擊，特洛軍到了司克亞門前，便反戈迎敵，赫克透跳下戰車，振動他手中的長槍，指揮兵卒再戰。

於是兩軍又大戰於城外，特洛方面的勇士死了不少，希臘元帥亞格門農負了傷，便向後退，赫克透知道亞格門農敗退，他一人衝入敵陣，所向披靡，俄德西與德俄麥底斯趕忙迎戰，德俄麥底斯被伯黎射了一箭，傷了他的腳，他便後退，只有俄德西一人擋住敵人，幸有愛伊亞司前來助戰，二人殺了一條血路，逃了回來。這次的戰爭，希臘諸將都受了傷，退回船上。

名醫馬克翁的肩上也中了伯黎的箭，老將尼斯透跳下戰車，把他救起，鞭著馬向船舶馳去。這時亞克里斯立在船尾上觀戰，他見尼斯透將一個負傷的人載在車上退回來，他急忙吩咐巴特洛克拉士道：「你去看那負傷的人是誰。」巴特洛克拉士走到尼斯透的船上，知道負傷的是馬克翁。他正要退回，不料已被尼斯透一眼看見了，尼斯透叫住他，乘機將希臘諸將負傷的情況告訴他，又用言語去激勸亞克里斯，叫他去轉告，巴特洛克拉士頗受感動，便辭了尼斯透回去了。這時特洛軍已近迫希臘的壘下，希臘擲下大石，特洛軍喪亡甚多，遂被擊退。赫克透在軍中傳令，叫兵卒越過堡壘，無奈兩旁有深壕，戰車不能度過。赫克透見敵人防禦甚堅固，便集中全軍，令大眾舍了戰車，徒步前進，又分兵卒為五大隊，分攻堡門。

這時空中忽然發現異兆，有一隻大鷲鳥抓著一條大蛇，飛過特洛軍的左方，那蛇咬了鷲鳥的胸，鷲鳥負痛，它的腳爪一鬆，那蛇就落了下來，鷲鳥大叫一聲飛去了。兵卒見了都失色，以為這是不吉之兆。赫克透笑著道：「這是不關緊要的，在武士們只有為祖國而戰。」大眾聽了，又鼓勇攻城。這時宙斯在伊達山峰上吹起大風，帶著砂石向希臘人的船吹去，特洛人得了這一陣風的助力，爭先攻打，希臘軍的大將愛伊亞司率眾抵禦，特洛將沙爾北登領了一隊尼基亞人冒死攻堡的中部，竟攻破了一個缺口，尼基亞人大呼，要進堡的隨我來。希臘軍見了，便趕來抵抗，兩軍在缺口處大戰。赫克透舉起一塊大石，向著城門猛力撞去，門閂應手斷為兩節，門便左右分開了。他躍進城內，大軍隨著進內，破壘的破壘，毀門的毀門，殺得希臘軍大敗，捨棄堡壘，逃回船上去了。

第十一　船側之戰

宙斯在伊達山上眺望兩軍的戰鬥，知道赫克透攻破了希臘人的堡壘，逼近船舶。他並非有意使希臘人破滅，因為要踐他與女神西達司的約，所以他先助特洛人勝利，好叫希臘人感覺非請亞克里斯出來不為功。別的神祇不懂得宙斯的心，以為他幫助希臘人，大家覺得忿忿不平，可是宙斯有命在先，他們也就無可如何。只有海神波色頓，他見了他哥哥宙斯的行為，惱了他的蠻性，他從天上回轉地府，備好了戰車，馳到希臘人停船的地方。他卻不敢公然反對他哥哥的命令，去助希臘人，只得變成一個常人的樣子，混進希臘的人群裡。當這時，赫克透率領人馬如洪水掩地，直向希臘軍前進，逼近船側，幸賴波色頓暗中助了希臘人，鼓舞他們的勇氣，竭力防禦，大將愛伊亞司命兵卒用盾重疊起來，人人持槍排列數層，造了一堵人垣，赫克透雖死戰，也不易攻入。波色頓一面幫助衣妥梅勒斯向船的左方去攻擊敵人的一隊，特洛軍死傷很多。希臘全軍的弓手，又從後方發箭，特洛軍勢漸不支，自相殘踏。赫克透見軍勢不利，跳下戰車，命兵卒改變陣形，他立在陣頭，向敵人衝殺，希臘軍中，老將尼斯透正與元帥亞格門農商議退敵之法，亞格門農想乘機退兵，遭了俄德西與德俄麥底斯二將的反對，亞格門農只得依從他們的意見，再重整旗鼓，向敵人交戰。

這時女神希拉在俄令普斯山上，見海神波色頓馳驟軍中，幫助希臘人，心中大悅，可是她又忌慮波色頓被宙斯看見，難免受禍，她想著了一個妙計，她去帶了睡眠之神，到伊達山峰，叫他坐在宙斯的身旁，用法術騙宙斯，宙斯便入睡了。

波色頓揮著大劍，殺了許多敵人。赫克透大怒，率眾直衝到希臘軍中部，愛伊亞司挺槍向赫克透刺去，赫克透還槍招架，不料用力過猛，刺著了愛伊亞司手中的盾，他正待退回自己的陣內，愛伊亞司提起一塊大石，向後擲去，石頭掠赫克透的盾而過，正中他的頸子，便受傷倒地。希臘軍見了，大聲喊殺，特洛軍走出兩員大將，防禦敵人，將赫克透抬了回去。特洛軍因大將受傷，勢漸不支，遂向後退，希臘將敵逐出壕外，才收兵休息。這時宙斯已醒了，他見特洛軍大敗，為希臘人迫逐，中有海神波色頓指揮；赫克透橫臥地上，口中流血，他見了大怒，恨著希拉道：「叫赫克透這樣，定是你的詭計吧，你應該自食其報。」希拉辯解說：「這是波色頓自己作主的，與我無關。」宙斯道：「既然如此，你快去叫依利司與阿波洛到這裡來，我叫依利司召回波色頓，叫阿波洛去助赫克透。我既答應西達司幫助特洛人，便不許別人去助希臘軍。」希拉應命。帶了依利司與阿波洛二神，回轉伊達山，見了宙斯，宙斯吩咐依利司告波色頓，叫他不可違抗大神的命令，快些回轉海底去，一面又令阿波洛設法使赫克透能再攻到希臘軍船側。二神得命，便分頭行事。阿波洛下了山峰，走到赫克透身旁對他說：「你管緊放心，有大神宙斯幫助你的，他差我來，使你們能反攻希臘的船舶，我立在你的前面，為兵卒們開一條道路。」這時赫克透還不省人事，他聽了這一席話，就勉強撐起身子，跳上自己的戰車，向希臘軍馳去，希臘軍本想赫克透已經死了，現在又見他出現，人人驚異；勇敢散失，逃回船上。阿波洛神走在赫克透的前面，執著他的閃閃發光的巨盾，光線晃著希臘人的眼睛，不能作戰，因此特洛人追過戰壕，阿波洛用足踢散堡壘的石塊，又在壕上造好道路，特洛人全軍前進，排成一字長蛇陣，殺向希臘軍的船舶而來。希臘軍死守著船側，於是兩軍惡戰。希臘軍中，要數大將愛伊亞司最為出力，他防禦敵人，使他們不能近希臘的船舶。赫克透見敵人防禦非常堅固，他鼓舞軍士道：「兵士們，大家切莫離開那些船舶，為祖國而死，乃男子一生的令名，舍了大家的生命，救我們的國！」兵卒們聽了，人人奮勇殺敵。愛伊亞司也在自己的船上，指揮兵卒道：「我們的存亡，只在今天了，如果敵人奪了我們的船，怎樣能夠回國呢！孩兒們，從敵人的手中救回我們的船舶，不然，就與船同盡吧！」希臘的兵卒聽了元帥的話，也知進退都不免一死，只得拼命抵抗。後來赫克透衝到希臘船的尾上，焚燒船隻，率軍殺成一團，連用槍用矢的距離都沒有了，大家用斧用劍互相斫殺。愛伊亞司眼見自己的船隻著了火，知道事機不妙，便走來抵敵那放火的敵人，殺了十二個敵軍的壯士，但是特洛人毫不畏懼，大家擎著火把，潮一般的湧到船前，要將希臘軍的船一齊燒盡，希臘軍的運命，危在瞬刻了。

第十二　巴特洛克拉士戰死

兩軍在船旁酣鬥的時候，亞克里斯坐在他的船內，仔細聽那喊殺的聲音，巴特洛克拉士跑來向他報告，含著眼淚陳說戰場的光景，說道：「我國的勇士都受了重傷，睡在船裡了，求你忘記從前的忿怒，去救希臘人的滅亡吧。你不可做無情的人；不可做一個鐵心石腸的人啊！如果你守著神的訓誡，不肯出戰，那末，請你把鎧甲借給我，我代替你出戰，特洛人一定把我認作你，好讓希臘軍延長他們的喘息。」亞克里斯聽了，厲聲喝道：「巴特洛克拉士，你說些什麼，我不懂神的訓誡是什麼？亞格門農將我從槍尖得來的奪了去，你看他是怎樣的殘忍。不過已往之事也不必多提了，除非敵人侵犯我的船隻，我決不出去交鋒。你既然願意出陣，我就將我的盔甲借給你吧。你去將敵人放的火滅息，趕開他們，你就可以回來，切不可任性追趕，因為有神幫助他們，難免中他們的詭計，你須牢牢記下。」他們二人在船內交談時，戰場上只有愛伊亞司一人禦敵，殺得他全身疲憊，汗透衣甲，敵人的槍雨點一般向他刺來，他執盾架的那隻手，已經沒有力氣了。

後來被赫克透一劍，砍去他的槍尖；他不能再支持，只得後退，特洛人乘勢上船放火，一霎時，火光沖天，煙霧騰空，希臘軍看看沒有救星了。這時亞克里斯在船上看見了，他便催促巴特洛克拉士趕快穿好甲冑，率領本部人馬，前去滅火。巴特洛克拉士得令，穿了銀甲，將青銅劍與大盾掛在肩上，手執雙矛，命禦者拉出三匹駿馬，套好戰車，一面亞克里斯立在船頭集合他的部下。他共有五十艘船，每隻船乘兵卒五十人，這二千五百人自從他們的大將負氣退出希臘聯軍之後，有許久沒有打仗了，一個個摩拳擦掌，專等廝殺，如今聽著自家將軍的命令，便從營帳內躍出，排列整齊，有五個隊長指揮他們，巴特洛克拉士立在隊前，率領出發。亞克里斯回到自己的帳內，向宙斯祈禱求他的友人平安歸來。特洛人見希臘的援軍已到，又見穿了亞克里斯鎧甲的巴特洛克拉士，誤認為亞克里斯本人出陣，他們久聞他的勇武，心中懼怯，且戰且退。巴特洛克拉士滅了船上的火，一面乘勝直追，追過了戰壕，兩軍又大戰了一陣，巴特洛克拉士殺了敵將數員，越殺越有勁，他忘記了亞克里斯囑咐他的話，率領人馬向特洛城壁追趕。他三次衝上城角，都被阿波洛神在暗中用盾擋住他。他不知利害，又衝第四次。阿波洛神大怒，罵道：「巴特洛克拉士！特洛城不是你的力量攻得下的，就是比你勇武的亞克里斯來也不行。」他聽了神的怒聲，又畏懼神的本領，才從城上退下。赫克透正勒馬立在城門之前，阿波洛神激勵去取巴特洛克拉士。赫克透躍馬殺來，巴特洛克拉士跳下戰車，左手持槍，右手拿著大石，等候敵人走近，將大石投去。大石正打在赫克透的車夫的頭上。那車夫便翻身從車上倒下來。赫克透跳下戰車，直取敵人，於是兩軍又混戰一場，互相奪回死者的屍身。巴特洛克拉士驍勇無比，斬殺敵人無數，三次衝破敵陣，到第四次上，阿波洛神隱在霧裡，從後面猛擊他的肩膀，他的兜便落在地上，槍也折斷，盾也打掉了。但是他終未倒地，敵將一槍刺來，他急忙躲過，不料赫克透從後一槍，刺穿了他的腹部，他便倒地。赫克透走近他的身旁，指著他叫道：「巴特洛克拉士，你想攻陷特洛城，將我們的妻子奪去麼？你好像不知道有我在這裡似的，現在如何？即使是勇武的亞克里斯，他能救你的命麼？好，留你在這裡供禿鷲的食餌吧。」巴特洛克拉士聽了，氣息斷續的說道：「好傢伙！你說些什麼，我並非死在你的手裡，你沒有阿波洛神的幫助，像你這樣的來上二十個也要死得乾乾淨淨。我姑且說在這裡，你的命運也不會長久的，終要死在亞克里斯的手裡。」說畢，巴特洛克拉士就一命歸天了。

第十三　亞克里斯出陣

當巴特洛克拉士倒地時，希臘軍見了大驚，大家奔向前去，想奪回巴特洛克拉士，大將默尼洛斯也挺槍執盾向前。無奈寡不敵眾，終難取勝，他便退向軍中尋覓愛伊亞司作他的幫手。這時赫克透便從巴特洛克拉士的身上，將鎧甲剝下，正要曳著屍身退回，恰好愛伊亞司趕到，見了大怒，便向赫克透殺來。赫克透只得棄了巴特洛克拉士的屍身，取了鎧甲，跳上戰車，退回陣內。兩軍又爭鬥屍身，混戰一場。大將默尼洛斯忙叫尼斯透的兒子安梯洛哥將巴特洛克拉士戰死的消息，報告於亞克里斯。一面他走到愛伊亞司的近旁，向他說道：「我已差安梯洛哥去通知亞克里斯了，只是亞克里斯的鎧甲已被敵人取去，他未必能來的，如今只有爭回巴特洛克拉士的屍身。」愛伊亞司答道：「你同麥尼俄斯二人去奪回屍身，留我在此抵禦敵人。」默尼洛斯出入敵陣數次，他同麥尼俄斯二人合力抱起巴特洛克拉士的屍身。特洛軍見了便來追趕，希臘軍也向前抵禦，巴特洛克拉士的屍身終被抬回船上。亞克里斯立在船頭觀戰時，使者安梯洛哥跑來，把巴特洛克拉士戰死，鎧甲被奪的情形說了一遍，說畢大哭。亞克里斯聽了，悲憤填胸，也流下淚來。他的悲聲驚動了坐在海底的女神西達司（他的母親），女神便從浪中來到他的身旁，問他為什麼哭泣，莫非宙斯沒有照約行事麼？亞克里斯說他的鎧甲被赫克透奪去了，好友也死於戰場，他要去復仇。女神說，沒有鎧甲，切莫出戰，她將赴鍛冶神赫非司妥處，請他進一副新甲，到第二天早上便可拿來。她安慰兒子一會，她便去了。

俄令普斯山上諸神，看見下界兩軍殺興正酣，女神希拉差了依利司女神，到亞克里斯的船上，叫他趕快出戰，以免敵人奪去巴特洛克拉士的屍身。亞克里斯雖沒有鎧甲，也須在戰壕旁助希臘軍作戰。女神雅典拉用金色雲籠罩著亞克里斯的頭上，遠遠望去儼若包在金光裡一般，特洛人見了，很是驚愕。亞克里斯在戰壕外大叫三聲，特洛軍陣勢大亂，遂向後退。希臘軍再將巴特洛克拉士的屍身運到營帳內。這一次的大戰，直到夕陽西沉，才掩旗收兵。亞克里斯回到自己的營帳裡，目睹橫陳在面前的冰冷的友人的屍身時，熱淚不斷的從臉上滾下。他撫著友人的屍說道：「當出國時，你的父親叫我們勝利之後，同伴回去；如今他的話已是空說的了。巴特洛克拉士，我發誓斬了赫克透的首級，奪回鎧甲，然後才來葬你。」他命部下的兵士，用熱水洗滌死屍，外用麻布裹緊，放在床上，他徹夜守著友人的遺骨悲嘆。到了東方發白，他的母親就回到他的船上來，手中拿著鍛冶神赫非司妥製成的美麗的鎧甲，盔，盾，在日光裡炫耀著。這些武器都是赫非司妥一夜的工夫做好的；甲用青銅鑄造；山形的盔，飾以黃金；盾以銀紐為緒，施以奇巧的雕刻，中部畫著天，地，海，日，月，星的圖形，圍以和平，戰爭，農園，葡萄田，牧場，舞場諸景，邊緣繪有俄克阿洛司河流；盾上的人物的服裝，以及武器，家畜等，都是用的金銀錫之類為飾的。女神從圍屍哭泣的人叢中走進，向她的兒子道：「亞克里斯，你快來受神的鎧甲，到戰場去吧！」說時，把鎧甲和其餘的東西交給亞克里斯。他見了心中大悅，別了母親，便走出船外，召集希臘的將士集議，負了傷的俄德西，德俄麥底斯，元帥亞格門農都來了。他立在人群中，對亞格門農道：「亞格門農，我們為一個女人起了爭鬥，真太無謂了。我們所爭的利益，只在特洛人與赫克透，已過的事不用提起了，我們應該化除意氣，攜手向敵才是。」亞格門農聽了這話，極表贊同，他急忙謙遜，說二人不和全是他一人的過失，他將充分的賠償。其餘的諸將，見亞克里斯肯出陣，人人歡悅。亞克里斯又謙遜了一會，準備走向戰場。俄德西又計畫了全軍的糧食。會議完畢，才各歸自己的營帳。俄德西到亞格門農的帳內，帶了美女朴妮塞斯同著約好的贈品，送到亞克里斯的船上，諸將又設宴款待亞克里斯。可是他因愛友之死，食難下嚥，他謝絕他們。大神宙斯在山上看見亞克里斯的情形，他對女神雅典拉道：「你看，他們都去聚宴去了，他為了友人，悲憤不食，你快去助他一臂之力吧。」女神領命，飛下山來，她暗中把神的酒與神的食物注入亞克里斯的腹內，於是亞克里斯一天到晚都有了力氣。

這時希臘軍已預備好一切，立在船外。亞克里斯穿好神給他的甲冑，把有銀飾的青銅劍掛在肩上，拿著大盾與極重的長槍，從人叢中走出。車夫早已套好了戰車。拉車的兩匹馬，一名散特司，一名巴立烏，都是他的愛馬。他跳上戰車，鞭著兩匹馬，率領人馬向前出發。

第十四　赫克透戰死

特洛人屯兵在城外的小山上，見希臘人進兵，他們下了小山，列陣迎敵，忽然瞥見亞克里斯馳著戰車，身先士卒向他們殺來，特洛人驚懼不已。這時宙斯在俄令普斯山上，見兩軍交匯，他召集了諸神，對他們說：「今天的戰爭，我暫且束手旁觀，你們可以隨自己的喜歡去幫助希臘人特洛人。」諸神聽了這一句話，無不喜笑顏開，各自分頭準備。希拉與雅典拉即時到了希臘軍的旁側，波色頓、赫爾麥斯與赫非司妥跟著下界。只有麥斯與阿波洛二神相約加入特洛軍中，阿波洛的妹阿爾臺米斯與維納司隨在他二人的後面，同到特洛。於是兩軍相遇於平原，恐怖的戰爭起了，四處八方，都是殺伐的聲音。女神雅典拉進希臘軍中，以勇力鼓勵眾人。戰神麥斯則站立在特洛的城壁上，發出暴風一般的聲音，激動特洛人。海神波色頓興波作浪，搖撼大地，特洛城與希臘軍的船舶都顛簸起來。亞克里斯與敵人接觸之後，專一尋覓赫克透廝殺，好替至友復仇。他馳著戰車，來往敵陣，殺了敵將數員，後來與赫克透相遇，二人遂大戰，阿波洛神見了，恐怕赫克透有失，便降下大霧，救出赫克透。亞克里斯刺了三槍，都未命中，只在霧裡衝撞，他大怒起來，罵了阿波洛神幾聲，就回車在敵陣裡追殺。他這時如瘋似狂，見人即殺，一直衝過平原。敵人不支，分作兩股逃竄，一股向特洛城而逃，一股向散妥司河走去。兵卒見後面有人追來，連人帶馬，跳下河裡，亞克里斯不管三七廿一，也跳下河內，拔出劍來，殺了無數的敵人，河水染成紅色，積屍甚多，河水因此不流。河神在水底感覺不安，他叫道：「亞克里斯，勞你離去這裡，到平原去吧，死屍填塞我的河水，不能流到海中去了。」亞克里斯不顧他的請求，河神大怒，使河水漲高，衝激死屍。亞克里斯的左右浪大如山，他急忙去抱著一根榆樹，不料那榆樹連根倒下，他便倒在水中，翻身起來，往岸上便逃。但是洪水怒吼的聲音仍緊追隨他，他便向神祈求，海神波色頓和女神雅典拉聽著了他的聲音，便跑來救他。接著神后希拉又叫赫非司妥放了天火，燒著特洛的原野，河神見了火焰，才止住不追，退回他的洞府去了。一面亞克里斯重振勇氣，追殺敵人直逼特洛人的城下。城上有老王朴尼耶在那裡觀戰，他見亞克里斯追殺他的人馬，急忙跑下城去，吩咐守門的人，叫他們快些開城，放本國的人馬進城。但是亞克里斯緊隨在特洛軍的後面，特洛人進了城，希臘軍不免也要跟著殺進去的。正在危迫的當兒，阿波洛神看見了，急忙變做特洛人的模樣，擋住亞克里斯，故意挑逗他廝殺，殺到這裡，一會又逃向那裡，弄得亞克里斯莫名其妙，特洛軍便乘這機會逃進城內，將城門緊緊關閉起來。

赫克透這時逃到司克亞城外，他不即進城，立在那裡等候敵人。亞克里斯被阿波洛神捉弄，他大怒著向城邊走來。老王朴尼耶見了，便叫他的兒子赫克透道：「兒啊。你不可單獨一人去鬥亞克里斯，你若不聽話，你不免被他殺害的，因為他比你強。你快點進城來，救護城中的男女們吧，你莫使我這年老的人看這些悲慘的結局。」他母親聽了這話，也流著淚叫赫克透進城，可是他立在城外動也不動。想今天這一戰，被亞克里斯殺了多人，損失甚大，如果他就這樣進城，有何面目去見城中的父老呢，所以他決心和亞克里斯拚命，不是他死，就是亞克里斯亡。他矗立在城外，有如一堵石岩，專等亞克里斯走近，以便廝殺。亞克里斯果然來了，手中執著長槍，滿臉怒氣，身上的甲冑炫耀於日光中。赫克透見了他不免也有幾分懼怯，正待逃走，亞克里斯的槍已經到了，於是二將沿著城壁大戰，繞了特洛城三次。赫克透欲罷不能，欲戰又不能取勝，真苦惱極了。這時宙斯在山上見二人繞特洛城到了第四次上，將近泉水時，他拿著計量人類運命的黃金天秤，一皿放了亞克里斯的命運，一皿放了赫克透的，權衡輕重。只見赫克透的一皿向下，漸趨死之國土；亞克里斯的一皿卻向上，將近天空。他知道了這一次決戰的勝負，分明就在眼前，他急忙止住阿波洛不用再幫助赫克透，令悄悄地離開，又另差雅典拉到戰場去，立在亞克里斯身旁，低聲向他說道：「亞克里斯，赫克透的末日不遠了，就是阿波洛神也不能救他了。你姑且歇息一會，等我去引誘赫克透。」她說畢，就變成赫克透的兄弟模樣，走到他身旁，厲聲鼓舞他的勇氣，於是二人又重新決鬥起來。當長槍與盾搏擊時，赫克透說道：「今天不是我死就是你亡，不過我要和你約好，如果你被我殺了，我只剝下你的甲冑，將你的屍身送還給希臘人，希望你對我也能如此。」亞克里斯怒目厲聲答道：「我們有什麼相約的呢，拿出你的本領來好了，我看你是不是能逃遁的了，我今天不殺你，我友人的仇何日得報呢？」赫克透聽了大怒，叫道：「看槍！」他一槍朝亞克里斯刺去，可惜沒有刺穿敵人的盾，從盾面滑過，因為用力太猛，那槍便從手中跳到一邊去了，赫克透沒有別的槍調換，著急起來，急忙回身叫他的弟弟取槍，不料弟弟的蹤影全無。赫克透這才知道受了神的欺騙，他悲傷的叫道：「我赫克透一世的英名，就只在今朝了，我須拼死一戰，以留美名。」說時，從肩上拔出寶劍，再和亞克里斯殺去，亞克里斯便用盾招架，二人扭做一團。亞克里斯乘隙刺了赫克透一槍，正中他的頸上，從鎧甲的縫裡刺進，於是赫克透受了致命的傷往地上便倒。亞克里斯見自己獲勝，自誇似的叫道：「赫克透，今天我可替巴特洛克拉士報了仇了，你的屍身讓那鷙鳥來當作食物，巴特洛克拉士的，我倒要厚葬他。」赫克透聽說，呻吟著斷續的說道：「亞克里斯，你休得這般殘忍，你可以用我的死骸為質，向我的父母去調換賠償金吧！」可是亞克里斯全然不聽，怒目叫道：「狗！卑怯的傢伙！就吃你的肉，還嫌不潔，只有拿去喂狗吧。你的屍身，就是朴尼耶拿黃金來贖，我也不送還的。」赫克透張開眼睛，恨怒的呻吟道：「好，我知道的，你是如冷鐵一般的人，我有句話姑且說在這裡，任你怎樣強悍，神總會為我復仇的，你不免被伯黎與阿波洛殺死於司克亞城門之下。」說完，赫克透便瞑目而死。亞克里斯見敵人已死，便從屍骸上剝甲冑。那些在遠處圍觀二人決鬥的希臘人都集攏來了，他們見了赫克透偉大的身軀，不知如何措手。亞克里斯的心中想一氣將特洛城攻下，既而轉念好友巴特洛克拉士的屍身尚未安埋，他又覺得攻城不能不稍展緩了。他解了赫克透足踵上的帶子，把屍首拴在他自己的戰車後面，鞭了馬，曳著向船舶而去。特洛人在城壁上見灰塵飛揚，赫克透被拖在車後，大家放聲悲號。老王朴尼耶如發狂一般的，從城上跑下，要想單身到希臘營中，取回兒子的屍首，被眾人止住了他。赫克透的愛妻安杜洛默克這時正在宮內織錦，以待丈夫戰勝歸來，忽然聽得城上男女哭泣的聲音，便投梭跑出。她到了城壁上，遙見亞克里斯的車後，曳著丈夫的屍首，她大慟氣絕，也隨她丈夫到黃泉去了。

第十五　葬儀

特洛人悲悼赫克透時，希臘人得勝歡呼，退回船上。亞克里斯率領他的部下，齊集於巴特洛克拉士屍旁，唱哀悼的歌曲。他又駕著車子，曳著赫克透屍身，圍繞巴特洛克拉士的遺骸三次，這才下了戰車，以手撫著死友的胸，對死者祝告：「巴特洛克拉士，你可安了心了！我已踐約，為你復了仇，明日我還要殺俘虜十二人，以雪你的怨恨。」說著，他解了赫克透的屍身，置在棺前，令人殺牛殺羊，在船側設葬式的宴會。飲宴已畢，大家都睡在棺側。亞克里斯思念著他的死友，漸漸入睡，他見巴特洛克拉士復活了，走到他的面前，怨恨似的對他說：「亞克里斯，我生時承你厚遇，死後也請快些為我營葬，使我早歸冥府。你在人世也不久了，請你將我的骨殖和你的埋在一起。我自幼在你的家中養育長大的，我們從來沒有分離過的。」亞克里斯答他說：「好，我就照你的話做去，請你再走近一點，我好握你的手。」說時，他便用手去握好友的手，不料巴特洛克拉士的形容已不見了。他大驚而醒，將夢中所見告訴別人，那一夜就這樣的過去了。到了天明，元帥亞格門農遣一隊兵卒向伊達山麓出發，他們牽著幾十匹馬，手中拿著斧頭繩子，走進伊達山的森林裡，砍了許多槲樹，馱在馬背上回來，把樹劈開，以作火葬巴特洛克拉士之用。大家劈好了柴，堆在海岸旁，如一座小丘。亞克里斯令部下穿好武裝，運了巴特洛克拉士的遺骸，安放在火葬場，把遺骸安放在薪上，殺了巴特洛克拉士生前所豢養的狗二匹，馬四頭以作殉葬。其次又殺從特洛俘來的兵卒十二人，然後才舉火燃薪。亞克里斯向他的死友致最後的別辭，說：「巴特洛克拉士，我已踐約殺了十二個特洛人，好叫他們和你在一起，留下赫克透的屍身，讓狗裂他的骨肉。」火葬的火，為海風所吹，燃了一夜。亞克里斯同亞格門農諸人在那裡守著，到了天明，火勢漸衰，在灰裡撿出死者的遺骨，裝在黃金的壺內，壺中預先盛好油類，外面用麻布包裹，埋在地下，造成一座墳墓，葬事既畢，希臘人便依照他們的習慣，在墳旁舉行競技會，並從船內運出許多獎品，以作獎賞之用。競技的節目，第一是戰車競賽，其次為鬥拳，角力，徒步競走，比武，投鐵丸，弓術，投槍等等。競技已完，再由亞格門農，德俄麥底斯，愛伊亞司，俄德西，默尼洛斯，安梯洛哥諸將比武以決勝負。全部完畢，各自散回船內安睡，只有亞克里斯想念他的故友，不能入睡，他起身出外，在砂岸上閒步。翌日，他在死友的墓旁，建了一所小舍，他坐在裡面守著他的好友，直有十二日之久，每天曳著赫克透的屍身，環繞死友的墳，好像日課一般。

赫克透的屍骸已經過十幾日，為風雨所侵，難保原形。幸有諸神顧念他的英武，暗中用神油塗在他的身上。諸神又央求宙斯奪回赫克透的屍身，起初也不肯允許，到十二天的早晨，他叫了西達司來，對她說：「你到希臘人的船上去，叫你的兒子亞克里斯收受特洛人的賠償，把赫克透的屍身送還，諸神見他侮辱赫克透的屍身，都已惱怒了，我便是其中最惱怒的一個，你這般的向他說。」西達司從了宙斯的話，便到亞克里斯的小屋裡去，他正在想念亡友，他的母親進屋內，對他說明諸神發怒的事，叫他送還赫克透的屍身，他只得遵命。當母子二人在屋裡談話時，一面宙斯又差依利司女神到特洛城裡，向老王朴尼耶傳言，叫他速備賠償品去調換兒子的屍身。老王聽了神的吩咐大喜，立刻令人備車，他打開寶匣，選出許多珍寶，打算動身。他的妻子聽他單身到敵營去，便來阻止他；可是他不聽，將許多寶貴的東西裝在車上，帶了一個從人，坐上馬車，他自己拉著馬韁，馳向敵營而去。大神宙斯在俄令普斯山上，遠遠看見他出特洛城外，便叫使者赫爾麥斯前來引導。赫爾麥斯受命，變成一個年青的希臘人，走在老王的車前，於是他的車子平安的通過希臘軍的陣門，直到了亞克里斯的屋外。

這時亞克里斯正在用飯，老王進內，便向他屈膝，申訴自己年老的苦況，求他答應放還兒子的屍身，說時，悽愴動人。亞克里斯為之感動，他扶起朴尼耶，安慰他道：「你怎的一人到此地來呢？你可算一個勇敢的人，請你坐下，我們都不用悲傷了，幸與不幸，都是神給我們的命運，我的父親和女神結婚，他是很幸福的，可是我就不然了，我被包圍於災禍之中，這也是神的意志，再悲嘆也是徒然的了。」朴尼耶飲淚答道：「請你收下我帶來的賠償，將兒子的屍身送還我吧，我為你祈禱，願你平安轉回故土。」亞克里斯聽說，也謙遜了幾句，他出外叫人收了賠償的物件，命兵卒洗滌赫克透的屍身，塗以油類，替死者穿上衣服，裝在車上。他才走進屋內，向老王說道：「我已將赫克透安放在車上了，請你用些食物好嗎？」老王不便推卻，也答應他了。食畢，他又向亞克里斯要求，在特洛人埋葬赫克透時，兩軍停戰十二日，亞克里斯也答應了。那天晚上，朴尼耶便宿在亞克里斯的帳裡，天尚未明，神之使者赫爾麥斯來了，引導老王回去，馬車載著赫克透的屍首，經過特洛的原野，將近市門時，市民都出外迎接勇士的屍身，到了宮內，將屍首安放在嵌有象牙的長椅子上，家中的親屬，圍屍舉哀。特洛人到山裡去伐木，積在城外，在第十日的早晨，舉行火葬，燒了一夜，次日取出遺骨，裝在黃金盒裡，外包紫衣，納入大石棺內，諸人運了一塊大石蓋上，埋在土內；造好了墳墓，便回轉城內去了。

第十六　城陷

赫克透的葬事既畢，停戰的時間也過了，兩軍遂大戰於城下，特洛人自赫克透亡後，沒有人是亞克里斯的敵手，只得閉著城門防守。特洛人的氣數未盡，從北方來了一隊救兵，士氣因之轉盛，始出城交戰。援軍的大將名彭得昔那亞，乃是戰神麥斯的女兒。她的部下都是亞馬森的娘子軍，是天下聞名的女武士。特洛人借了援軍之力，反攻希臘人，彭得昔那亞也出陣與亞克里斯決戰，被亞克里斯一槍殺死。亞克里斯見殺死的敵人是一個年青的美女，深悔自己的孟浪，他將她的屍首送還城內，不久，特洛的援軍又從南方來了一隊人馬，統率的大將名叫默木隆，乃是埃及比亞的國王，較之女神耶俄司的兒子，年壯而勇。他帶了黑色的埃及比亞兵，進了特洛城，次日便出城防禦希臘人。女神西達司知道默木隆有女神耶俄司暗護，她就令她的兒子亞克里斯不可迎敵，起初亞克里斯很聽母親的話，沒有出戰。因此默木隆大破希臘軍，殺了尼斯透的兒子安梯洛哥。亞克里斯知道他的友人死於敵人之手，他要忍也無可忍了。他忘了母親的吩咐，他單騎出陣，與默木隆決一死戰。女神西達司見兒子不聽她的話，便到宙斯的面前，求他助自己的兒子。宙斯用運命之秤衡量二人的命運，知道勝利將屬於亞克里斯。及到二將交鋒，默木隆果然被亞克里斯一槍刺死。他的母親見了大哭，抱著兒子的屍首到空中去了。後來埃及比亞的人在尼洛河畔，建了一座大石像用來紀念默木隆。自從彭得昔那亞與默木隆死於亞克里斯之手以後，特洛的援軍便斷絕了，他們只得緊閉了城門死守，有的想和希臘人議和。他們想遣一個人去緩和亞克里斯的心，恰好朴尼耶有一位公主，名叫波妮克色，容顏很美，亞克里斯曾中意於她，特洛人因此想使二人成為夫婦，借使特洛、希臘兩邦和好。計議既定，便遣使去說亞克里斯，亞克里斯允許接受這個談判，隨即領著愛伊亞司，俄德西二人到約定的阿波洛神廟裡去結約；在談判進行時，不料壞心腸的伯黎乘亞克里斯沒有提防，向他射了一箭。本來亞克里斯的身體是刀劍不入的，只有右腳踵是致命之處，伯黎射出的箭，有阿波洛神在暗中幫助，那箭不偏不斜，恰好射在他的右腳踵上，亞克里斯便倒地死了。俄德西等將他的屍首運回，仍經火葬後埋好，並舉行競技。此次競技，以俄德西與愛伊亞司二人對殺為最激烈；俄德西因得女神雅典拉的幫助，打敗了愛伊亞司，愛伊亞司不勝懊喪，遂成瘋狂，終於自殺了。自從亞克里斯死後，希臘人恨特洛人入骨，以特洛的城壁堅固，沒有攻城的利器，所以一時竟無法可以破城。俄德西是以智慧顯著的，大家都向他問計。他想起了兩位有名的勇士，要叫他們來幫忙。這兩位勇士是誰，一名非洛克臺斯，他有希臘的力士赫非克爾士用過的毒矢，乃是有名的弓手。他本來也隨同希臘軍出發的，只因他不小心，自己的毒矢傷了他的足，足便潰爛，發出惡臭，希臘人忌之，將他留在勒姆洛司島上。後來他沒有死，俄德西便去帶他轉來，叫名醫生馬克翁為他治療好了。所以俄德西這回想起了他，要叫他出戰。此外一人，名叫勒俄卜妥爾莫，他是亞克里斯在希臘所養的兒子，被留在故土，到現在已長成一個強勇的少年了。俄德西想叫他代亞克里斯作戰，也去叫了他來。希臘軍中添了這兩員戰將，特洛人被毒矢射殺了很多，連戰爭的禍胎伯黎也中毒矢陣亡了。特洛人雖然死了主將，可是城池依然不能攻破，這是什麼原因呢？原來特洛城中有座名叫「巴拉梯姆」的雅典拉女神的像，有此像在城內，城是無論如何不能夠攻破的。俄德西知道了這原由，他便裝成一個乞丐，混進城去，尋覓那座神像的所在。那天晚上，他和德俄麥底斯二人偷進城內，盜了神像，逃回自己的營內。自從神像被盜以後，特洛人的防勢漸鬆。俄德西忽然想出一條妙計，有一天他發一道命令，叫全部人馬一齊上船，離開特洛海岸，只留下一座頂大頂大的木馬在特洛城外。特洛到了次日早晨，見敵人已退，他們開城出外瞭望，委實不見一個敵人的蹤影，他們以為希臘人攻不下城池，便引兵退去了，大家都覺得快活。又見城外有一匹木馬，他們不知道這是什麼東西，造來作什麼用的，他們當作這是俘獲品，不由分說，想將馬抬進城內。有一個名叫勞康的老人，他是海神波色頓的神官，出來阻止他們，叫他們提防希臘人的狡計。他用槍去刺木馬的腹部，木馬發出奇異的聲音，大家都極詫異，面面相窺，不敢說話。不料這時海底有兩條大蛇爬到陸地上來，特洛人見了，大駭逃走，大蛇徑向勞康的身旁行去，卷殺了勞康和他的兩個兒子。特洛人在遠處見了這可怖的樣子，沒有人敢來救他們，直到大蛇回轉海中去後，才敢走回原處，見了勞康慘死的情況，大家都說這是他用槍刺了木馬的報應，因此心中對於木馬更加敬重。這時有一隊特洛軍捉住了一個希臘人，大家拷問他，那人名叫西龍，他說希臘人提議回國時，只有他一人反對，因此他被縛在屋內的柱上，沒有同大眾一起回去。特洛人又問這木馬有什麼用意。西龍答說，木馬是造來獻於雅典拉女神的，據卜者之言，如果木馬被特洛人曳進城內，則希臘人必有大難。特洛人聽他所說的話，一點也不疑心是設就的圈套，對於勞康父子之死，更加一層相信的心，想他傷了木馬，所以被神譴責。他們恭而且敬的，排好行列，唱著詩歌，將木馬拖進城內，西龍也隨著進城。那天晚上，西龍偷著走近木馬旁，在馬腹上拔了一塊木板，於是希臘的勇士勒俄卜妥爾莫諸人，便從木馬內爬出，殺了瞭望的兵卒，佔據了特洛的城門。這時藏在近處海島後的希臘兵船，便折了回來，兵卒全部登陸，殺向特洛城而來，他們放火燒了特洛全市，特洛人一點沒有準備。老王朴尼耶和他的妻子，還有幾個公主隨著逃到宙斯的廟裡去。勒俄卜妥爾莫趕來，一槍結果了王子波利臺司的性命，屍首倒在老王的面前。老王大痛，挺槍與敵人交戰，也做了勒俄卜妥爾莫槍下之鬼。皇后同公主們都被希臘人俘獲，帶了回去，只殺了波妮克色，以祭亞克里斯。至此特洛城遂完全滅亡。至於禍種海倫，則仍歸於默尼洛斯之手，帶回斯巴達去了。

後記

荷馬的原詩共有二十四卷，一萬五千六百九十三句。本文所述，只取原作中重要的部分，有許多不甚重要的情節，如原詩第十卷德俄麥底斯與俄德西二人，夜襲特洛旅舍，殺死尼休司等類，均略而未述。盼望閱者去翻閱原詩的譯文，並對於希臘神話，希臘人的運命觀，希臘人的社會生活諸點，略加研究，則誦讀此作，必增興趣不少。本文第一節金蘋果，與第十六節城陷，荷馬原詩，概未提起，原詩只以亞克里斯的忿怒為始，以葬儀作結。此二段係後人參照希臘古代的歌謠補足而成，使閱此詩的人，知道特洛戰役的原由與結局。至於特洛一城，早已埋沒土中，幸在五十餘年前，即一八七〇年，由德國的考古學者謝尼曼博士在小亞細亞地方掘出此城的遺址，並許多特洛人的遺物，是則特洛的戰爭的傳說，並非完全虛構。閱者再參閱古代希臘地圖，必更明瞭。茲並舉關於原詩的文獻於後。——

一，散文譯本：Andrew Lang：Iliad 麥克美倫公司版。

二，韻文譯本：Dreby：Iliad《萬人叢書》本。

臺灣版後記

為重寫中國兒童文學史做準備

眉睫（簡體版書系策畫）

二〇一〇年，欣聞俞曉群先生執掌海豚出版社。時先生力邀知交好友陳子善先生參編海豚書館系列，而我又是陳先生之門外弟子，於是陳先生將我點校整理的梅光迪講義《文學概論》（後改名《文學演講集》）納入其中，得以出版。有了這個因緣，我冒昧向俞社長提出入職工作的請求。俞社長看重我對現代文學、兒童文學研究的能力，將我招入京城，並請我負責《豐子愷全集》和中國兒童文學經典懷舊系列的出版工作。

俞曉群先生有著濃厚的人文情懷，對時下中國童書缺少版本意識，且缺少人文氣質頗不以為然。我對此表示贊成，並在他的理念基礎上深入突出兩點：一是以兒童文學作品為主，尤其是以民國老版本為底本，二是深入挖掘現有中國兒童文學史沒有提及或提到不多，但比較重要的兒童文學作品。所以這套「大家小書」，頗有一些「中國現代兒童文學史參考資料叢書」的味道。此前上海書店出版社曾以影印版的形式推出「中國現代文學史參考資料叢書」，影響巨大，為推動中國現代文學研究做了突出貢獻。兒童文學界也需要這麼一套作品集，但考慮到兒童讀物的特殊性，影印的話讀者太少，只能改為簡體橫排了。但這套書從一開始的策劃，就有為重寫中國兒童文學史做準備的想法在裡面。

為了讓這套書體現出權威性，我讓我的導師、中國第一位格林獎獲得者蔣風先生擔任主編。蔣先生對我們的做法表示相當地贊成，十分願意擔任主編，但他畢竟年事已高，不可能參與具體的工作，只能以書信的方式給我提了一些想法，我們採納了他的一些建議。書目的選擇，版本的擇定主要是由我來完成的。總序也由我草擬初稿，蔣先生稍作改動，然後就「經典懷舊」的當下意義做了闡發。可以說，我與蔣老師合寫的「總序」是這套書的綱領。

什麼是經典？「總序」說：「環顧當下圖書出版市場，能夠隨處找到這些經典名著各式各樣的新版本。遺憾的是，我們很難從中感受到當初那種閱讀經典作品時的新奇感、愉悅感、崇敬感。因為市面上的新版本，大都是美繪本、青少版、刪節版，甚至是粗糙的改寫本或編寫本。不少編輯和編者輕率地刪改了原作的字詞、標點，配上了與經典名著不甚協調的插圖。我想，真正的經典版本，從內容到形式都應該是精緻的、典雅的，書中每個角落透露出來的氣息，都要與作品內在的美感、精神、品質相一致。於是，我繼續往前回想，記憶起那些經典名著的初版本，或者其他的老版本——我的心不禁微微一震，那裡才有我需要的閱讀感覺。」在這段文字裡，蔣先生主張給少兒閱讀的童書應該是真正的經典，這是我們出版本套書系所力圖達到的。第一輯中的《稻草人》依據的是民國初版本、許敦谷插圖本的原著，這也是一九四九年以來第一次出版原版的《稻草人》。至於解放後小讀者們讀到的《稻草人》都是經過了刪改的，作品風致差異已經十分大。俞平伯的《憶》也是從文津街國家圖書館古籍館中找出一九二五年版的原著來進行重印的。我們所做的就是為了原汁原味地展現民國經典的風格、味道。

什麼是「懷舊」？蔣先生說：「懷舊，不是心靈無助的漂泊；懷舊也不是心理病態的表徵。懷舊，能夠使我們憧憬理想的價值；懷舊，可以讓我們明白追求的意義；懷舊，也促使我們理解生命的真諦。它既可讓人獲得心靈的慰藉，也能從中獲得精神力量。」一些具有懷舊價值、經典意義的著作於是浮出水面，比如孤島時期最富盛名的兒童文學大家蘇蘇（鍾望陽）的《新木偶奇遇記》；大後方為少兒出版做出極大貢獻的司馬文森的《菲菲島夢遊記》，都已經列入了書系第二批順利問世。第三批中的《小哥兒倆》（淩叔華）《橋（手稿本）》（廢名）《哈巴國》（范泉）《小朋友文藝》（謝六逸）等都是民國時期膾炙人口的大家作品，所使用的插圖也是原著插圖，是黃永玉、陳煙橋、刃鋒等著名畫家作品。

中國作家協會副主席高洪波先生也支持本書系的出版，關露的《蘋果園》就是他推薦的，後來又因丁景唐之女丁言昭的幫助而解決了版權。這些民國的老經典，因為歷史的原因淡出了讀者的視野，成為當下讀者不曾讀過的經典。然而，它們的藝術品質是高雅的，將長久地引起世人的「懷舊」。

經典懷舊的意義在哪裡？蔣先生說：「懷舊不僅是一種文化積澱，它更為我們提供了一種經過時間發酵釀造而成的文化營養。它對於認識、評價當前兒童文學創作、出版、研究提供了一份有價值的參照系統，體現了我們對它們的批判性的繼承和發揚，同時還為繁榮我國兒童文學事業提供了一個座標、方向，從而順利找到超越以往的新路。」在這裡，他指明了「經典懷舊」的當下意義。事實上，我們的本土少兒出版是日益遠離民國時期宣導的兒童本位了。相反地，上世紀二三十年代的一些精美的童書，為我們提供了一個座標。後來因為歷史的、政治的、學術的原因，我們背離了這個民國童書的傳統。因此我們正在努力，力爭推出真正的「經典懷舊」，打造出屬於我們這個時代的真正的經典！

但經典懷舊也有一些缺憾，這種缺憾一方面是識見的限制，一方面是因為審稿意見不一致。起初我們的一位做三審的領導，缺少文獻意識，按照時下的編校規範對一些字詞做了改動，違反了「總序」的綱領和出版的初衷。經過一段時間磨合以後，這套書才得以回到原有的設想道路上來。

欣聞臺灣將引入這套叢書，我想這對於臺灣人民了解大陸的兒童文學是有幫助的。林文寶先生作為臺灣版的序言作者，推薦我撰寫後記，我謹就我所知，記述於上。希望臺灣的兒童文學研究者能夠指出本書的不足，研究它們的可取之處，為重寫兩岸的中國兒童文學史做出有益的貢獻。

二〇一七年十月於北京

眉睫，原名梅杰，曾任海豚出版社策劃總監，現任長江少年兒童出版社首席編輯。主持的國家出版工程有《中國兒童文學走向世界精品書系》（中英韓文版）、《豐子愷全集》《民國兒童文學教育資料及研究》，主編《林海音兒童文學全集》《冰心兒童文學全集》《豐子愷兒童文學全集》《老舍兒童文學全集》等數百種兒童讀物。二〇一四年度榮獲「中國好編輯」稱號。著有《朗山筆記》《關於廢名》《現代文學史料探微》《文學史上的失蹤者》，編有《許君遠文存》《梅光迪文存》《綺情樓雜記》等等。

民國時期經典童書 A0801017

小朋友文藝

作　　者 謝六逸
版權策劃 李　鋒

發 行 人 陳滿銘
總 經 理 梁錦興
總 編 輯 陳滿銘
副總編輯 張晏瑞
編 輯 所 萬卷樓圖書（股）公司
特約編輯 沛　貝
內頁編排 林樂娟
封面設計 小　草
印　　刷 百通科技（股）公司

出　　版 昌明文化有限公司
　　　　 桃園市龜山區中原街 32 號
電　　話 (02)23216565
發　　行 萬卷樓圖書（股）公司
　　　　 臺北市羅斯福路二段 41 號 6 樓之 3
電　　話 (02)23216565
傳　　真 (02)23218698
電　　郵 SERVICE@WANJUAN.COM.TW
大陸經銷
廈門外圖臺灣書店有限公司
電郵 JKB188@188.COM

ISBN 978-986-496-080-4
2017 年 12 月初版一刷
定價：新臺幣 320 元

如何購買本書：
1. 劃撥購書，請透過以下帳號
   帳號：15624015
   戶名：萬卷樓圖書股份有限公司
2. 轉帳購書，請透過以下帳戶
   合作金庫銀行古亭分行
   戶名：萬卷樓圖書股份有限公司
   帳號：0877717092596
3. 網路購書，請透過萬卷樓網站
   網址 WWW.WANJUAN.COM.TW
   大量購書，請直接聯繫，將有專人為您服務。(02)23216565 分機 10

如有缺頁、破損或裝訂錯誤，請寄回更換

國家圖書館出版品預行編目資料

小朋友文藝 / 謝六逸著 . -- 初版 . -- 桃園市：昌明文化出版；臺北市：萬卷樓發行，2017.12
　面；　公分 . --（民國時期經典童書）
ISBN 978-986-496-080-4(平裝)
859.08　　　　106024158